TRANZLATY

El idioma es para todos

Мова для всіх

La Transformación
(*La Metamorfosis*)
Перевтілення

Franz Kafka
Франц Кафка

Español
Українська

www.tranzlaty.com

Primera parte
Частина перша

Gregorio Samsa se despertó una mañana de un sueño intranquilo.

Одного ранку Грегор Замза прокинувся від тривожних снів.

Se encontró en su cama, pero incapaz de moverse.

Він опинився у своєму ліжку, але не міг поворухнутися.

Se había transformado en una alimaña monstruosa.

Він перетворився на жахливу тварюку.

Estaba acostado boca arriba, sobre su espalda, que estaba dura como una armadura.

Він лежав на спині, яка була тверда, як обладунки.

Levantando un poco la cabeza podía ver su barriga.

Трохи піднявши голову, він міг побачити свій живіт.

Pero su vientre estaba abovedado y dividido en segmentos.

Але його живіт був опуклим і розділеним на сегменти.

La manta descansaba encima de su vientre redondeado.

Ковдра лежала на його округлому животі.

Pero la manta estaba a punto de caerse por completo.

Але ковдра мало не сповзла повністю.

Sus piernas eran lamentables comparadas con su tamaño habitual.

Його ноги були жалюгідні порівняно зі своїм звичайним розміром.

Y sus muchas piernas se movían impotentes ante sus ojos.

А його численні ноги безпорадно миготіли перед очима.

"¿Qué me ha pasado?" pensó para sí.

«Що зі мною сталося?» — подумав він сам собі.

Pero no era un sueño del que no pudiera despertar.

Але це не був сон, від якого він не міг би прокинутися.

En realidad era su propia habitación la que él se encontraba.

Це справді була його власна кімната, в якій він опинився.

Un auténtico espacio para humanos, aunque un poco pequeño.

Справжня кімната для людей, але трохи замала.

Él yacía tranquilamente entre las cuatro paredes conocidas.

Він тихо лежав між чотирма добре знайомими стінами.

Sobre la mesa había una colección de muestras textiles.

На столі стояла колекція зразків текстилю.

Samsa era un vendedor ambulante, de ahí las muestras.

Замза був комівояжером, звідси й зразки.

Encima de las muestras textiles desmontadas había una imagen.

Над розібраними зразками текстилю була картина.

Recientemente había recortado la imagen de una revista.

Він нещодавно вирізав цю картинку з журналу.

Había colocado el cuadro en un bonito marco dorado.

Він помістив картину в гарну позолочену рамку.

El cuadro enmarcado mostraba a una dama sentada erguida.

На обрамленій картині була зображена жінка, яка сидить прямо.

Llevaba un gorro de piel y tenía un manguito de piel.

На ній була хутряна шапка, а на голові — хутряна муфта.

Ella estaba levantando su mano hacia el espectador de la imagen.

Вона підняла руку до глядача картини.

Todo su antebrazo desapareció dentro de su pesado manguito de piel.

Усе її передпліччя зникло у важкій хутряній муфті.

Gregor miró por la ventana el clima gris.

Грегор дивився у вікно на похмуру погоду.

Se podía oír fuertes gotas de lluvia golpeando la ventana.

Було чути, як важкі краплі дощу б'ються об вікно.

El clima gris lo hacía sentir muy melancólico.

Сіра погода викликала в нього сильну меланхолію.

"¿Qué tal si duermo un poco más?" pensó.

«А як щодо того, щоб я поспав трохи довше?» — подумав він.

"Dormir más podría ayudarme a olvidar estas tonterías".

«Більше сну може допомогти мені забути цю нісенітницю».

Pero dormir más era completamente inviable.

Але спати довше було абсолютно неможливо.

Porque estaba acostumbrado a dormir sobre su lado derecho.

Бо він звик спати на правому боці.

Pero su estado actual le impedía realizar sus movimientos habituales.

Але його нинішній стан заважав йому здійснювати звичайні рухи.

No tenía forma de llegar a esa posición.

Він не мав жодного способу потрапити в таке становище.

Intentó con todas sus fuerzas lanzarse hacia su lado derecho.

Він щосили намагався перевернутися на правий бік.

Probablemente intentó este movimiento cientos de veces.

Він, мабуть, намагався виконати цей рух сто разів.

Pero él siempre volvía a la posición supina.

Але він завжди хитався назад у положення лежачи на спині.

Cerró los ojos para no ver sus piernas inquietas.

Він заплющив очі, щоб не бачити своїх ніжок, що метушилися.

Al final el dolor le impidió intentarlo de nuevo.

Зрештою, біль зупинив його від нової спроби.

Un dolor sordo en el costado que nunca había sentido antes.

Тупий біль у боці, якого він ніколи раніше не відчував.

«Oh Dios», pensó desesperado Gregorio Samsa.

«О Боже», — відчайдушно подумав про себе Грегор Замза.

¡Qué profesión tan agotadora he elegido para mí!

«Яку ж важку професію я собі обрав!»

"Día tras día tengo que viajar por trabajo".

«День у день мені доводиться їздити по роботі».

"El trabajo de oficina es mucho más fácil que trabajar fuera de casa".

«Офісна робота набагато легша, ніж робота в дорозі».

"Y tengo la maldición de tener que viajar."

«І в мене є прокляття – мені доводиться подорожувати».

"Todas las preocupaciones por llegar a tiempo a los trenes."

«Усі ці турботи про те, щоб встигнути на поїзди».

"Mis horarios de comida son irregulares y la comida es
mala".
«Мій графік прийомів їжі нерегулярний, а їжа погана».
"Mis amigos siempre están cambiando de ciudad en ciudad."
«Мої друзі постійно змінюються з міста в місто».
"Las interacciones que tengo son frías y profesionales".
«Спілкування зі мною холодне та професійне».
"¡Dejad que el Diablo se divierta con este tipo de trabajos!"
«Хай би чорт розважався такою роботою!»
Sintió un ligero picor en la parte superior del estómago.
Він відчув легке поколювання у верхній частині живота.
Se apoyó contra el poste de la cama, con la espalda.
Він притулився спиною до стовпа ліжка.
Quería poder levantar mejor la cabeza.
Він хотів мати змогу краще піднімати голову.
Encontró el punto que le picaba y le molestaba.
Він знайшов місце, яке його турбувало, що свербіло.
**Su cabeza parecía estar cubierta de pequeños puntos
blancos.**
Здавалося, що його голова була вкрита маленькими
білими цятками.
No podía decir qué eran esos pequeños puntos blancos.
Що це були за маленькі білі цятки, він не міг зрозуміти.
Había planeado tocar el lugar con una de sus piernas.
Він планував торкнутися цього місця однією зі своїх ніг.
Pero cuando tocó el lugar sintió un extraño escalofrío.
Але коли він доторкнувся до цього місця, то відчув дивний
холодок.
Entonces inmediatamente retiró la pierna del lugar.
Тож він одразу ж відвів ногу з місця.
No tuvo más remedio que aceptar la sensación de picazón.
Йому не залишалося нічого іншого, окрім як змиритися з
відчуттям свербіння.
Y volvió a su posición anterior en la cama.
І він повернувся до свого попереднього положення в
ліжку.

"Despertarse tan temprano realmente te vuelve bastante
estúpido".
«Прокидатися так рано справді робить людину досить
дурною».
"Un hombre debe dormir lo suficiente", pensó.
«Людина повинна достатньо спати», – подумав він собі.
"Los demás vendedores ambulantes viven una vida de lujo."
«Інші комівояжери живуть розкішним життям».
"Por la mañana transfiero los pedidos que he recibido."
«Вранці я передаю отримані замовлення».
"Mientras tanto esos señores todavía están desayunando."
«Тим часом ці панове все ще снідають».
"Imagínese si intentara hacer eso con mi jefe".
«Тільки уявіть, якби я спробував зробити це зі своїм
начальником».
"Me despediría antes de terminar mi desayuno."
«Він би мене звільнив, перш ніж я закінчу свій сніданок».
"Pero quizá eso tampoco sería lo peor."
«Але, можливо, це також не було б найгіршим».
"El problema es que mis padres me están frenando".
«Проблема в тому, що мої батьки мене стримують».
"Si no fuera por ellos ya habría dimitido."
«Якби не вони, я б уже подав у відставку».
"Me habría enfrentado al jefe y se lo habría dicho".
«Я б виступив проти начальника і сказав йому».
"Diría exactamente lo que pienso de él y del trabajo".
«Я б сказав саме те, що думаю про нього та про цю
роботу».
"¡Se caería del escritorio si le contara todo!"
«Він би з-під столу впав, якби я йому все розповів!»
"Es muy extraña la forma en que se sienta en su escritorio".
«Дуже дивно, як він сидить за своїм столом».
"La forma en que habla con sus subordinados no es
correcta".
«Те, як він розмовляє зі своїми підлеглими, неправильне».
"Y lo peor es que su audición es muy pobre".
«А найгірше те, що в нього такий поганий слух».

"Así que no te queda otra opción que sentarte muy cerca de él."

«Тож у вас немає іншого вибору, окрім як сісти дуже близько до нього».

Pero dicho todo esto, la esperanza no está completamente perdida todavía.

«Але, попри все це, надія ще не повністю втрачена».

"Ahorraré el dinero para pagar la deuda de mis padres".

«Я заощаджу гроші, щоб сплатити борг батьків».

"No puedo hacer nada mientras todavía le deban dinero".

«Я нічого не можу зробити, поки вони ще винні йому гроші».

"Pero cuando la deuda esté pagada definitivamente lo haré."

«Але коли борг буде сплачено, я обов'язково це зроблю».

"Probablemente tomará otros cinco o seis años."

«Ймовірно, це займе ще п'ять-шість років».

"Sí, entonces definitivamente se hará la gran separación".

«Так, тоді велике розлучення обов'язково відбудеться».

"Por el momento, sin embargo, debo levantarme de la cama."

«Однак, поки що, я мушу встати з ліжка».

"Porque mi tren sale a las cinco en punto."

«Тому що мій поїзд відправляється о п'ятій годині».

Gregor miró el despertador que sonaba sobre la mesa.

Грегор подивився на будильник, що цокав на столі.

"¡Padre Celestial!" pensó al ver la hora.

«Небесний Отче!» — подумав він, побачивши час.

Las seis y media ya habían pasado silenciosamente.

Пів на сьому вже тихо минуло.

Y las manecillas del reloj seguían avanzando.

А стрілки годинника продовжували рухатися вперед.

Y ahora se acercaba la cuarta hora menos cuarto.

А тепер наближалася без чверті сьома.

"¿Quizás la alarma no sonó para despertarme?", pensó.

«Можливо, будильник не задзвонив, щоб мене розбудити?» — подумав він.

Desde la cama Gregor inspeccionó el despertador.

Зі свого ліжка Грегор оглянув будильник.

El despertador estaba programado exactamente para las cuatro.

Будильник був правильно налаштований на четверту годину.

No podía explicarlo, pero la alarma debió haber sonado.

Він не міг цього пояснити, але, мабуть, задзвонив будильник.

"¿Cómo pude dormirme a pesar de la alarma sin darme cuenta?"

«Як я проспав будильник, не знаючи про це?»

Cuando suena la alarma incluso sacude los muebles.

Коли дзвонить будильник, навіть меблі трясуться.

Sabía que su sueño no había sido para nada tranquilo.

Він знав, що його сон зовсім не був спокійним.

Pero quizá por eso su sueño era mucho más profundo.

Але, можливо, саме тому його сон був набагато глибшим.

Tenía que pensar qué debía hacer ahora.

Йому потрібно було подумати про те, що йому робити зараз.

El siguiente tren no salía hasta las siete.

Наступний поїзд відправлявся лише о сьомій годині.

Coger ese tren sería casi imposible.

Встигнути на цей поїзд було б майже неможливо.

Y aún no había empacado los textiles que necesitaba.

І він ще не зібрав потрібних йому текстильних виробів.

Tampoco se sentía especialmente fresco y ágil.

Він також не відчував себе особливо свіжим та спритним.

Quizás había una posibilidad de subir al tren.

Можливо, був шанс потрапити на поїзд.

Pero de todas formas, un regaño por parte del jefe era inevitable.

Але докір від начальника був неминучим у будь-якому разі.

El empleado habría subido al tren de las cinco.

Клерк мав би сів на поїзд о п'ятій годині.

El oficinista era una criatura sin carácter del jefe.

Офісний клерк був безхребетною істотою начальника.

Así que la ausencia de Gregor ya habría sido informada.

Тож про відсутність Грегора вже було повідомлено.

"¿Qué pasa si llamo para avisar que estoy enfermo?" Gregor estaba pensando.

«А що, як я зателефоную, що хворий?» — розмірковував Грегор.

Pero eso sería extremadamente embarazoso y sospechoso.

Але це було б надзвичайно незручно та підозріло.

Gregor nunca había estado enfermo durante el tiempo que trabajó allí.

Грегор ніколи не хворів за весь час своєї роботи там.

Y ya les había dado cinco años de servicio.

І він уже дав їм п'ять років служби.

Lo más probable era que el jefe viniera a ver cómo estaba.

Цілком імовірно, що начальник прийде перевірити його.

Probablemente traería al médico del seguro médico.

Він, мабуть, приведе лікаря медичного страхування.

Y culparía a los padres por la pereza de su hijo.

І він звинувачував би батьків у лінивому сині.

No podrían hacerle ninguna objeción.

Вони не змогли б йому нічого заперечити.

Porque para él sólo había dos clases de trabajadores.

Бо для нього існувало лише два типи працівників.

O bien los trabajadores estaban completamente sanos o bien eran reacios al trabajo.

Або робітники були повністю здоровими, або соромилися роботи.

¿Y estaría equivocado en ese análisis básico?

І чи помилятиметься він навіть у цьому базовому аналізі?

Ciertamente, en este caso tenía un argumento sólido.

Звичайно, в цьому випадку у нього був вагомий аргумент.

A pesar de su apariencia, Gregor en realidad se sentía bastante bien.

Незважаючи на свій вигляд, Грегор насправді почувався досить добре.

El sueño innecesariamente largo lo dejó un poco somnoliento.

Непотрібно довгий сон зробив його трохи сонним.

Pero aparte de eso no podía quejarse de enfermedad.

Але крім цього, він не міг скаржитися на хворобу.

Incluso sintió un hambre especialmente fuerte y saludable.

Він навіть відчував особливо сильний і здоровий голод.

Mientras pensaba estos pensamientos el reloj volvió a sonar.

Поки він обмірковував ці думки, годинник знову пробив.

Según la alarma eran ya las siete menos cuarto.

Згідно з будильником, зараз було без чверті сьома.

Y ahora también se oyó un suave golpe en la puerta.

А тепер у двері також тихо постукали.

—Gregor —lo llamó alguien. Era la madre.

«Грегоре», — хтось покликав його, — це була мати.

"Son las siete menos cuarto", confirmó la alarma.

«Зараз без чверть сьома», – підтвердила вона сигнал тривоги.

¿No querías irte?, preguntó la suave voz.

«Хіба ти не хотів піти?» — спитав ніжний голос.

Gregor se asustó cuando oyó su voz respondiendo.

Грегор злякався, почувши свій голос у відповідь.

La voz seguía siendo la voz que siempre tuvo.

Голос був усе той самий, що й завжди.

Pero ahora había un nuevo sonido mezclado en su voz.

Але тепер у його голосі з'явився новий звук.

Desde lo más profundo de él también salió un doloroso chillido.

З глибини його душі також вирвався болісний писк.

Al principio su voz parecía formar palabras con claridad.

Спочатку здавалося, що його голос чітко вимовляє слова.

Pero entonces Gregor escuchó el eco mental de su voz.

Але потім Грегор почув усвідомлене відлуння власного голосу.

La grabación de su voz se interrumpió de una manera extraña.

Запис його голосу дивним чином обірвався.

Y no estaba seguro de si había escuchado las cosas correctamente.

І він не був певен, чи правильно почув.
Gregor sintió un profundo deseo de dar una respuesta detallada.
Грегор відчув глибоке бажання дати детальну відповідь.
Quería explicarle todo claramente a su madre.
Він хотів чітко все пояснити матері.
Pero, dadas las circunstancias, tuvo que limitarse.
Але, з огляду на обставини, йому довелося себе обмежити.
Y respondió mucho más breve de lo que le hubiera gustado.
І він відповів набагато коротше, ніж хотілося б.
-Sí madre, no te preocupes, gracias, ya estoy levantado.
"Так, мамо, не хвилюйся, дякую, я вже встала."
La puerta de madera probablemente ayudó a amortiguar su voz.
Дерев'яні двері, мабуть, допомагали приглушити його голос.
Desde fuera el cambio en la voz de Gregor pasó desapercibido.
Ззовні зміна в голосі Грегора залишилася непоміченою.
La madre pareció estar satisfecha con su explicación.
Мати, здавалося, була задоволена його поясненням.
Y ella se fue de nuevo tan silenciosamente como había llegado.
І вона пішла знову так само тихо, як і прийшла.
Pero la pequeña conversación tuvo un efecto no deseado.
Але ця коротка розмова мала небажаний ефект.
Llamó la atención de los demás miembros de la familia.
Він привернув увагу інших членів родини.
Gregor todavía estaba en casa y no había ido a trabajar.
Грегор все ще був удома і не пішов на роботу.
Y ahora el padre también llamó a la puerta lateral.
А тепер батько постукав ще й у бічні двері.
Golpeó débilmente, pero decidido, con el puño.
Він слабо, але рішуче постукав кулаком.
—Gregor, Gregor —gritó—, ¿cuál es el problema?
«Грегоре, Грегоре, — гукнув він, — у чому проблема?»
Al cabo de un rato volvió a advertir con voz más grave.

Трохи згодом він знову попередив, але вже низьким голосом.

Pero ahora la hermana llamó a la puerta del otro lado.

Але в інші бічні двері постукала сестра.

"¿Gregor? ¿No te encuentras bien?", preguntó en voz baja.

«Грегоре? Тобі недобре?» — тихо запитала вона.

"¿Necesitas algo?" preguntó preocupada.

«Тобі щось потрібно?» — стурбовано запитала вона.

Gregor respondió a ambas partes: "Ya he terminado".

Грегор відповів обом сторонам: «Я вже закінчив».

Había hecho todo lo posible para pronunciar todas las palabras con cuidado.

Він намагався якнайкраще вимовляти всі слова.

Y eliminó todo lo que era llamativo en su voz.

І він прибрав у своєму голосі все, що впадало в око.

El padre también parecía satisfecho con la respuesta.

Батько також здавався задоволеним відповіддю.

Y regresó a su desayuno inacabado.

І він повернувся до свого недоїденого сніданку.

Pero la hermana susurró: "Gregor, ábreme, te lo ruego".

Але сестра прошепотіла: «Грегоре, відкрийся, благаю тебе».

Pero su preocupación por él no podía conmoverlo de ninguna manera.

Але її турбота про нього ніяк не могла його зворушити.

Gregor no tenía intención de abrirle la puerta.

Грегор не мав наміру відчиняти їй двері.

Había adquirido algunos hábitos de cautela al viajar.

Подорожі придбали у нього деякі обережні звички.

Y se alababa a sí mismo por haber cerrado las puertas.

І він похвалив себе за те, що замкнув двері.

Primero quiso levantarse tranquilamente y a su propio ritmo.

Спочатку він хотів тихо встати у свій вільний час.

Y sin que nadie le molestara quiso vestirse.

І, не давши себе заважати, він хотів одягнутися.

Una vez logrado esto, quiso entonces desayunar.

Досягнувши цього, він захотів поснідати.

Sólo entonces quiso reflexionar más sobre la situación.

Тільки тоді він захотів розглянути ситуацію далі.

Sabía que no tenía sentido hacer planes en la cama.

Він знав, що немає сенсу будувати плани в ліжку.

Sería imposible llegar a una conclusión sensata.

Дійти до розумного висновку було б неможливо.

Había habido otras ocasiones en las que se despertó con dolores leves.

Були й інші випадки, коли він прокидався від легкого болю.

Estos dolores siempre resultaban ser pura imaginación.

Ці болі завжди виявлялися чистою уявою.

Al levantarme de la cama el dolor invariablemente desaparecía.

Коли я вставав з ліжка, біль незмінно зникав.

Tenía curiosidad por ver qué pasaría con esas ideas.

Йому було цікаво побачити, що станеться з цими ідеями.

El cambio en su voz probablemente se debió sólo a un resfriado.

Зміна в його голосі, мабуть, була просто через застуду.

Los resfriados son simplemente un riesgo laboral para los viajeros.

Застуда — це просто професійний ризик для мандрівників.

No tenía ninguna duda de que ésa era la explicación lógica.

Він не сумнівався, що це логічне пояснення.

Logró quitarse la manta de encima con facilidad.

Зняти з себе ковдру було легко.

Lo único que tenía que hacer era inhalar e inflarse.

Все, що йому потрібно було зробити, це вдихнути та надути повітря.

La manta se deslizó de su cuerpo y cayó al suelo.

Ковдра зісковзнула з його тіла на підлогу.

Su cuerpo increíblemente ancho dificultaba otras cosas.

Його неймовірно широке тіло ускладнювало інші речі.

Habría necesitado brazos y manos para ponerse de pie.

Йому знадобилися б руки та кисті, щоб встати.

Pero ya no tenía las extremidades que solía tener.

Але в нього не було тих кінцівок, які були раніше.

En lugar de brazos y manos tenía muchas piernas pequeñas.

Замість рук і кистей у нього було багато маленьких ніжок.

Y sus piernas se movían constantemente, sin su control.

І його ноги постійно рухалися, без його контролю.

Intentó doblar una pierna, pero en lugar de eso se estiró.

Він спробував зігнути одну ногу, але замість цього вона потягнулася.

Finalmente logró controlar una pierna.

Йому нарешті вдалося взяти одну ногу під контроль.

Pero luego se liberó el movimiento de las otras piernas.

Але потім рух інших ніг був звільнений.

Y todas sus piernas se crisparon de extrema excitación.

І всі його ноги сіпалися від надзвичайного хвилювання.

Primero quería sacar la parte inferior de su cuerpo de la cama.

Спочатку він хотів встати з ліжка нижньою частиною тіла.

Pero en realidad aún no había visto la parte inferior de su cuerpo.

Але він насправді ще не бачив нижньої частини свого тіла.

Y, de todas formas, resultó demasiado difícil mover esta pieza.

І перемістити цю частину виявилося надто складно.

Finalmente, con todas sus fuerzas, realizó un movimiento salvaje.

Зрештою, з усіх сил він зробив один сміливий рух.

Sin más vacilación, avanzó.

Без зайвих вагань він рушив уперед.

Pero había elegido la dirección equivocada.

Але він обрав неправильний напрямок для руху.

Golpeó violentamente su cuerpo contra el poste inferior de la cama.

Він сильно вдарив своїм тілом об нижню стійку ліжка.

El dolor ardiente que sintió le enseñó una valiosa lección.

Пекучий біль, який він відчував, дав йому цінний урок.

La parte inferior de su cuerpo era quizás más sensible.

Нижня частина його тіла, можливо, була чутливішою.

Entonces intentó sacar primero la parte superior del cuerpo de la cama.

Тож він спочатку спробував підняти з ліжка верхню частину тіла.

Giró cuidadosamente la cabeza en la dirección correcta.

Він обережно повернув голову в потрібному напрямку.

Y pronto su cabeza estaba mirando hacia el borde de la cama.

І невдовзі його голова опинилася повернута до краю ліжка.

Este movimiento cauteloso en realidad fue fácil para él.

Цей обережний рух насправді давався йому легко.

Y su anchura y peso no detuvieron su movimiento.

А його ширина та вага не зупиняли його рухів.

La masa de su cuerpo siguió lentamente el giro de la cabeza.

Маса його тіла повільно слідувала за поворотом голови.

Pero luego sostuvo su cabeza sobre el borde de la cama.

Але потім він висунув голову з краю ліжка.

Y se enfrentó a un nuevo miedo en el que aún no había pensado.

І він зіткнувся з новим страхом, про який ще не думав.

Avanzar más por este camino podría ser peligroso.

Подальше просування таким чином може бути небезпечним.

Había pensado que simplemente se dejaría caer.

Він думав, що просто дозволить собі впасти.

Pero sería un milagro si no se lesionara la cabeza.

Але це було б диво, якби він не травмував голову.

Ahora no era el momento de arriesgarse a perder el conocimiento.

Зараз не час ризикувати втрачати свідомість.

Quizás sería mejor quedarse en la cama después de todo.

Можливо, краще все ж таки залишитися в ліжку.

Pero luego tuvo que hacer el mismo esfuerzo para regresar.

Але потім йому довелося докласти таких самих зусиль, щоб повернутися.

Después de todo ese esfuerzo él estaba tendido allí igual que antes.

Після всіх цих зусиль він лежав там, як і раніше.

Y ahora sus piernas parecían incluso más enojadas que antes.

А тепер його ноги здавалися ще злішими, ніж були раніше.

Los movimientos de sus piernas se habían vuelto aún más incontrolables.

Рухи його ноги стали ще більш неконтрольованими.

No veía manera de salir de la situación en la que se encontraba.

Він не бачив жодного виходу з ситуації, в якій опинився.

De este caos no fue posible sacar la paz ni el orden.

Мир і порядок не могли бути встановлені в цьому хаосі.

Pero sabía que quedarse en la cama tampoco era una opción.

Але він знав, що залишатися в ліжку також не варіант.

Sacrificarlo todo era la opción más sensata.

Пожертвувати всім було найрозумнішим варіантом.

Se aferró a la más mínima esperanza de levantarse de la cama.

Він чіплявся за найменшу надію встати з ліжка.

Si lo hubiera conseguido, todo riesgo habría valido la pena.

Якби йому це вдалося, весь ризик був би того вартий.

Pero al mismo tiempo también recordó algo más.

Але водночас він згадав і дещо інше.

"Mejores que decisiones desesperadas son reflexiones tranquilas."

«Краще спокійні роздуми, ніж відчайдушні рішення».

Con todo su esfuerzo centró su mirada en la ventana.

З усіх зусиль він зосередив погляд на вікні.

Pero lo que vio le trajo poca confianza y alegría.

Але побачене не принесло йому ні впевненості, ні підбадьорення.

La niebla de la mañana cubría toda la estrecha calle.

Ранковий туман вкривав усю вузьку вулицю.

El despertador volvió a sonar; ahora eran las siete.

Будильник знову задзвонив; тепер була сьома година.

"Ya son las siete y todavía hay mucha niebla."

«Вже сьома година, а ще такий туман».

Durante un rato permaneció en silencio, respirando débilmente.

Якийсь час він лежав тихо, ледь дихаючи.

Quizás un poco de quietud traería algo de normalidad.

Можливо, трохи тиші принесе якусь нормальність.

Un silencio absoluto podría provocar las condiciones reales.

Повна тиша могла б створити реальні умови.

Pero antes de que el reloj volviera a sonar, rompió el silencio.

Але перш ніж годинник знову пробив, він порушив мовчання.

"Antes de que el reloj vuelva a sonar, debo levantarme de la cama."

«Перш ніж знову проб'є годинник, я маю встати з ліжка».

"Para entonces tengo que estar totalmente fuera de la cama."

«До того часу я точно маю вже не вставати з ліжка».

"Después de las siete y cuarto la oficina enviará a alguien."

«Після чверть на восьму з офісу когось пришлють».

"Porque la oficina abrió antes de las siete."

«Тому що офіс відкрився до сьомої години».

Y ahora empezó a balancear su cuerpo fuera de la cama.

І тепер він почав розгойдуватися, піднімаючись з ліжка.

Había abandonado el centrarse en la parte superior o inferior de su cuerpo.

Він перестав зосереджуватися на верхній чи нижній частині тіла.

Todo el largo de su cuerpo tuvo que salir de la cama.

Уся його довжина тіла мала покинути ліжко.

Caer de esa manera debería proteger su cabeza, pensó.

Падіння таким чином мало б захистити його голову, подумав він.

Había planeado levantar la cabeza cuando cayera al suelo.

Він планував підняти голову, коли впаде на землю.

La parte posterior de su cuerpo parecía lo suficientemente dura para el impacto.

Задня частина його тіла здавалася достатньо твердою для удару.

Y la alfombra estaba allí para suavizar el aterrizaje.

А килим був там для того, щоб пом'якшити приземлення.

Sin embargo, su mayor preocupación era el fuerte ruido.

Однак найбільше його турбував гучний шум.

El ruido estrepitoso asustaría a todos en la casa.

Звук гуркоту налякав би всіх у будинку.

Quizás no les daría miedo el ruido fuerte.

Можливо, вони не боялися б гучного шуму.

Pero seguramente se preocuparían si oyeran eso.

Але вони точно занепокоїлися б, якби почули.

Pero había que correr el riesgo de llamar la atención.

Але ризикнути привернути увагу доводилося.

El nuevo método era más un juego que un esfuerzo.

Новий метод був радше грою, ніж зусиллям.

Tuvo que balancear su cuerpo con movimientos bruscos y espasmódicos.

Йому доводилося розгойдувати своє тіло різкими та уривчастими рухами.

Gregor ya estaba medio levantado de la cama.

Грегор уже наполовину підвівся з ліжка.

Ahora se le ocurrió una idea nueva.

Тепер йому щойно спала на думку нова думка.

"Todo sería tan fácil si alguien viniera en mi ayuda."

«Все було б так легко, якби хтось прийшов мені на допомогу».

"Dos personas fuertes serían suficientes."

«Двох сильних людей буде цілком достатньо».

Su padre y la criada serían lo suficientemente fuertes.

Його батько та служниця будуть достатньо сильними.

Sólo tendrían que deslizar los brazos bajo su espalda.

Їм просто довелося б просунути руки під його спину.

Y luego pudieron sacarlo fácilmente de la cama.

А потім вони могли легко витягнути його з ліжка.

Quizás habrían tenido que bajarle el peso poco a poco.

Можливо, їм довелося б поступово знижувати його вагу.

Ojalá entonces las piernas hubieran encontrado su propósito.

Сподіваюся, тоді ноги знайшли б своє призначення.

¿No sería mejor después de todo pedir ayuda?

«Хіба не краще було б все ж таки покликати на допомогу?»

El problema, por supuesto, era que había cerrado las puertas.

Проблема, звісно, полягала в тому, що він замкнув двері.

Había algo en ese pensamiento que le hacía cosquillas.

Щось у цій думці його лоскотало.

Y a pesar de sus dificultades, no pudo evitar esbozar una sonrisa.

І попри свої труднощі, він не міг стримати посмішки.

Ya estaba cerca de perder el equilibrio.

Він уже ледь не втратив рівновагу.

Cada movimiento lo acercaba más a caerse de la cama.

З кожним помахом він був ближче до того, щоб упасти з ліжка.

Pronto tendría que tomar la decisión final.

Невдовзі йому доведеться прийняти остаточне рішення.

En cinco minutos serían las siete y cuarto.

Через п'ять хвилин мало бути чверть на восьму.

Mientras pensaba estos pensamientos, sonó el timbre.

Поки він обмірковував ці думки, продзвенів дзвінок у двері.

"Es alguien de la oficina", se dijo.

«Це хтось з офісу», — сказав він собі.

Y casi se quedó paralizado de miedo ante la visita.

І він мало не завмер від страху через гостя.

Sus piernas bailaron aún más salvajemente que antes.

Його ноги танцювали ще шаленіше, ніж раніше.

Pero luego, por un momento, todo quedó en silencio.

Але потім, на мить, все затихло.

"No abrirán la puerta", se dijo Gregor.

«Вони не відчинять дверей», — сказав собі Грегор.

Todavía estaba atrapado en una esperanza sin sentido.

Його все ще охоплювала якась безглузда надія.

Pero luego, por supuesto, la criada se dirigió a la puerta.

Але потім, звісно, покоївка підійшла до дверей.

Y como siempre, le abrió la puerta al visitante.

І, як завжди, вона відчинила двері гостю.

A Gregor le bastó con oír el primer saludo del visitante.

Грегору потрібно було лише почути перше привітання гостя.

Pudo saber inmediatamente quién había venido a buscarlo.

Він одразу зрозумів, хто за ним прийшов.

El propio jefe de oficina había venido a ver cómo estaba Samsa.

Сам головний писар прийшов перевірити Замзу.

¿Por qué Gregor fue el único condenado a este destino?

Чому лише Грегор був приречений на таку долю?

¿Por qué sólo él tuvo que servir en tal organización?

Чому тільки йому довелося служити в такій організації?

El más mínimo descuido despertaba inmediatamente sospechas.

Найменший недогляд одразу викликав підозру.

¿Todos los empleados que trabajaban allí eran unos sinvergüenzas?

Невже всі працівники, які там працювали, були негідниками?

¿No había entre ellos ninguna persona fiel y devota?

Невже серед них не було жодної вірної та відданої людини?

¿No podrían haber enviado simplemente un aprendiz?

Хіба вони не могли просто надіслати сюди учня?

¿Era realmente necesario todo este cuestionamiento?

Чи всі ці розпити справді були потрібні?

¿El representante autorizado tenía que venir personalmente?

Чи мав уповноважений представник прийти особисто?

¿Había que informar a toda la familia inocente?

Чи потрібно було повідомити всю невинну родину?

Todas estas consideraciones impulsaron a Gregor a actuar.

Усі ці міркування спонукали Грегора до дії.

Se levantó de la cama con todas sus fuerzas.

Він щосили зірвався з ліжка.

Se escuchó un fuerte estallido, pero no era realmente un ruido.

Пролунав гучний вибух, але це не був справжній шум.

La caída había sido ligeramente suavizada por la alfombra.

Падіння трохи пом'якшив килим.

Su espalda era más elástica de lo que Gregor había pensado.

Його спина була еластичнішою, ніж Грегор гадав.

Así que el sonido era más apagado y no tan perceptible.

Тож звук був більш глухим і не таким помітним.

Pero no había cuidado su cabeza durante la caída.

Але він не подбав про свою голову під час падіння.

Y cuando golpeó el suelo también se golpeó la cabeza.

А коли він упав на землю, то ще й вдарився головою.

Se frotó la cabeza contra la alfombra con rabia y dolor.

Він від гніву та болю терся головою об килим.

Pero el gerente de la habitación de al lado escuchó el ruido.

Але менеджер у сусідній кімнаті почув шум.

"Algo cayó allí", observó correctamente.

«Щось туди впало», – правильно зауважив він.

Gregor intentó imaginarse al gerente en su situación.

Грегор спробував уявити менеджера на його місці.

"¿Podría pasarle lo mismo a él?" se preguntó.

«Чи невже з ним станеться те саме?» — подумав він.

Aceptó que este extraño acontecimiento pudiera ser posible.

Він визнав, що ця дивна подія можлива.

Y entonces el jefe de oficina dio unos pasos hacia la habitación.

А потім головний клерк зробив кілька кроків до кімнати.

Fue casi una respuesta burda a la pregunta que hizo.

Це була майже груба відповідь на його запитання.

Sus botas de cuero crujieron cuando se acercó a la puerta.

Його шкіряні чоботи заскрипіли, коли він наближався до дверей.

Desde la habitación de su derecha su criada le susurró:

З кімнати праворуч від нього служниця прошепотіла йому.

Gregor, el representante autorizado está aquí.

«Грегоре, уповноважений представник тут».

—Lo sé —dijo Gregor, pero sólo en voz baja, para sí mismo.

«Я знаю», — сказав Грегор, але лише тихо сам до себе.

No se atrevió a levantar la voz por encima de un susurro.

Він не смів підвищувати голос вище шепоту.

Porque Gregor no quería que su hermana lo oyera.

Бо Грегор не хотів, щоб сестра його чула.

—Gregor —dijo el padre desde la habitación de la izquierda.

«Грегоре», — сказав батько з кімнати ліворуч.

"El gerente ha venido a comprobar cuál es el problema".

«Менеджер прийшов перевірити, у чому проблема».

"Él te preguntó por qué no saliste en el tren temprano."

«Він запитав, чому ти не вирушив раннім поїздом».

"No sabemos qué decirle", dijo el padre.

«Ми не знаємо, що йому сказати», – сказав батько.

"Por cierto, también quiere hablar contigo personalmente."

«До речі, він також хоче поговорити з вами особисто».

"Por favor, abre la puerta para que pueda hablar contigo."

«Будь ласка, відчиніть двері, щоб він міг з вами поговорити».

"Tendrá la amabilidad de disculpar el desorden en la habitación".

«Він буде настільки люб'язний, що вибачить за безлад у кімнаті».

"Buenos días, señor Samsa", le saludó el gerente.

«Доброго ранку, пане Замза», — гукнув до нього менеджер.

Y ciertamente le habló de manera amistosa.

І він справді розмовляв з ним дружелюбно.

"No está bien", le dijo la madre al gerente.

«Він нездоровий», – сказала мати менеджеру.

"No se encuentra bien en absoluto, créame, querido gerente."

«Він зовсім не здоровий, повірте мені, шановний менеджере».

¿Por qué si no, Gregor perdería el tren de la mañana?

«Чому б інакше Грегор пропустив ранковий поїзд?»

"El chico no tiene nada en la cabeza excepto el negocio."

«У хлопця ні про що, крім бізнесу, немає ні в чому його клопоту».

"Casi me molesta que no haga nada más".

«Мене майже дратує, що він нічим іншим не займається».

"Me gustaría que saliera por las noches a tomar aire fresco".

«Шкода, що він не виходить вечорами подихати свіжим повітрям».

"Estuvo en la ciudad ocho días por negocios."

«Він був у місті вісім днів у справах».

"Pero él estaba en casa todas esas noches"

«Але ж він кожного з цих вечорів був удома»

"Se sienta en nuestra mesa y lee el periódico".

«Він сидить за нашим столом і читає газету».

"En otras ocasiones, estudia los horarios de los trenes."

«Іншим часом він вивчає розклад руху поїздів».

"A veces se mantiene ocupado con la carpintería".

«Іноді він справді зайнятий столярством».

"Por ejemplo, talló un pequeño marco de madera para cuadros".

«Наприклад, він вирізьбив маленьку дерев'яну рамку для картини».

"Estuvo ocupado con la sierra durante dos o tres tardes".

«Протягом двох чи трьох вечорів він був зайнятий пилкою».

"Te sorprenderá lo bonito que es el marco de fotos".

"Ви будете вражені тим, яка гарна ця рамка для картини."

"Ha colgado el marco de fotos en su habitación."

«Він повісив рамку для картини у своїй кімнаті».

"Cuando abra la puerta veréis su carpintería."

«Коли він відчинить двері, ви побачите його дерев'яні вироби».

"Por cierto, me alegro de que esté aquí, señor Prokurist".

«До речі, я радий, що ви тут, пане Прокурист».

"Solos no habríamos podido lograr que Gregor abriera la puerta."

«Самі ми не змогли б змусити Грегора відчинити двері».

"Es muy terco", le confesó su madre al empleado.

«Він такий впертий», – зізналася його мати клерку.

"Ciertamente está enfermo, aunque antes lo negó".

«Він точно нездоровий, хоча раніше це заперечував».

"Estaré allí enseguida", dijo Gregor lentamente y con cuidado.

«Я зараз буду», — повільно та обережно промовив Грегор.

Pero no hizo ningún movimiento hacia la puerta de la habitación.

Але він не зробив жодного руху до дверей кімнати.

No quería perderse ni una palabra de la conversación.

Він не хотів втратити жодного слова з розмови.

El secretario jefe estuvo de acuerdo con la evaluación de la madre.

Головний клерк погодився з оцінкою матері.

-Tampoco puedo explicarlo de otra manera, señora.

«Я теж не можу пояснити це інакше, пані».

"Esperemos que no tenga ninguna enfermedad grave", dijo.

«Будемо всі сподіватися, що у нього немає серйозної хвороби», – сказав він.

"Por otro lado, es un peligro en nuestra industria".

«З іншого боку, це небезпека в нашій галузі».

"Nosotros, los empresarios, a menudo tenemos que superar el malestar."

«Нам, діловим людям, часто доводиться долати дискомфорт».

"Los profesionales simplemente tienen que aguantar los dolores leves".

«Професіоналам просто потрібно пережити легкі труднощі».

Mientras tanto su padre volvió a llamar a la otra puerta.

Тим часом його батько знову постукав в інші двері.

"¿Puede entrar ahora el jefe de oficina?" quiso saber.

«Чи може зараз зайти головний клерк?» — хотів знати він.

"No, no puede", respondió Gregor a la pregunta de su padre.

«Ні, він не може», – відповів Грегор на запитання батька.

Un silencio incómodo cayó en la habitación de la izquierda.

У кімнаті ліворуч запала незручна тиша.

En la habitación de la derecha la hermana comenzó a sollozar.

У кімнаті праворуч сестра почала ридати.

¿Por qué la hermana no se había ido a estar con los demás?

Чому сестра не пішла до інших?

Probablemente acababa de levantarse de la cama, pensó.

Вона, мабуть, щойно встала з ліжка, подумав він.

Es posible que ni siquiera haya empezado a vestirse todavía.

Можливо, вона ще навіть не почала одягатися.

Pero Gregor no podía entender por qué ella lloraba.

Але Грегор не міг зрозуміти, чому вона плаче.

¿Fue porque no se levantó y dejó entrar al gerente?

Це тому, що він не встав і не впустив менеджера?

¿Fue porque estaba en peligro de perder su trabajo?

Чи це було тому, що йому загрожувала втрата роботи?

¿Podría el jefe venir a buscar a los padres como antes?

Чи може начальник, як і раніше, напасти на батьків?

¿Iba a volver a hacerles las mismas exigencias de siempre?

Невже він знову висуватиме перед ними старі вимоги?

Estas cosas probablemente no hacían que hubiera que preocuparse.

Про ці речі, мабуть, не варто було турбуватися.

Por el momento no tenía motivos para llorar.

Поки що в неї не було причин плакати.

Gregor todavía estaba allí, manteniendo a la familia.

Грегор все ще був тут, забезпечував сім'ю.

Y nunca tuvo intención de abandonar a la familia.

І він ніколи не мав наміру залишати сім'ю.

Por el momento, simplemente permaneció tendido sobre la alfombra.

Поки що він просто лежав на килимі.

La familia desconocía la condición en la que se encontraba.

Родина не знала, в якому він стані.

Si lo hubieran sabido no habrían animado a su jefe.

Якби вони знали, то не заохочували б його начальника.

Ni siquiera habrían dejado entrar al gerente a la casa.

Вони б навіть менеджера не впустили до будинку.

No habría sido particularmente grosero rechazarlo.

Відвернути його було б не особливо неввічливо.

Fácilmente podría haber encontrado una excusa adecuada más tarde.

Він міг би легко знайти підходящу відмовку пізніше.

No era algo por lo que lo hubieran podido despedir.

Це не те, за що його могли звільнити.

Gregor pensó que ahora sería más sensato que lo dejaran solo.

Грегор вважав, що тепер буде розумніше залишитися на самоті.

Molestarlo con llantos y conversaciones no sirvió de mucho.

Турбувати його плачем та розмовами мало що дало.

Pero fue la incertidumbre lo que molestó a los demás.

Але саме ця невизначеність непокоїла інших.

Y fue esta incertidumbre la que justificó su comportamiento.

І саме ця невизначеність виправдовувала їхню поведінку.

—¡Señor Samsa! —gritó el gerente en voz alta.

— Пане Замза, — гукнув менеджер підвищеним голосом.

"¿Qué te pasa?" quiso saber.

«Що з тобою відбувається?» — хотів він знати.

"Te has atrincherado en tu habitación."

«Ти забарикадувався у своїй кімнаті».

"Solo puedes responder con un 'sí' o un 'no'."

«Ви відповідаєте лише «так» або «ні».

"Estás causando serias preocupaciones a tus padres."

«Ти завдаєш своїм батькам серйозних турбот».

"No veo ninguna buena razón para preocuparlos".

«Не бачу жодної вагомої причини, чому б тобі їх турбувати».

"Hay otra cosa más que mencionaré de paso."

«Є ще дещо, про що я згадаю мимохідь».

"También estás descuidando tus obligaciones comerciales hacia nosotros".

«Ви також нехтуєтесь своїми діловими обов'язками перед нами».

"Esa irresponsabilidad está totalmente fuera de tu carácter".

«Така безвідповідальність зовсім не в твоїй характері».

"Hablo aquí en nombre de tus padres y de tu jefe".

«Я говорю тут від імені ваших батьків і вашого начальника».

"Y os pido una explicación inmediata y clara."

«І я прошу вас негайного та чіткого пояснення».

"Todo esto realmente me sorprende, debo decir".

«Мушу сказати, що вся ця справа справді вражає мене».

"Pensé que te conocía como una persona tranquila y razonable."

«Я думав, що знаю тебе як спокійну та розсудливу людину».

"Pero ahora nos estás mostrando un lado diferente de ti".

«Але тепер ти показуєш нам свою іншу сторону».

"De repente estás mostrando tus caprichos tan peculiares."

«Раптом ти проявляєш свої дуже своєрідні примхи».

"Pero podría haber una explicación para tu fracaso".

«Але вашій невдачі може бути пояснення».

"El jefe mencionó una deuda que usted había cobrado para nosotros."

«Шеф згадав про борг, який ви для нас стягнули».

"Le di al jefe mi palabra de honor en tu nombre".

«Я дав шефу слово честі від вашого імені».

"Pero ahora veo tu incomprensible terquedad."

«Але тепер я бачу твою незбагненну впертість».

"Aún podría perder todo mi deseo de ayudarte."

«Я можу все ж втратити будь-яке бажання тобі допомагати».

"Su seguridad laboral no es en absoluto totalmente estable".

«Ваша гарантія зайнятості аж ніяк не є цілком стабільною».

"Originalmente tenía la intención de contarte todo esto en privado".

«Спочатку я мав намір розповісти тобі все це приватно».

"Pero ahora veo que quieres que pierda mi tiempo aquí".

«Але тепер я бачу, що ви хочете, щоб я гаяв тут свій час».

"Así que no veo ninguna razón por la que tus padres no deberían saberlo."

«Тож я не бачу жодної причини, чому твої батьки не повинні знати».

"Su desempeño reciente no ha sido satisfactorio."

«Ваша нещодавня робота була незадовільною».

"Reconozco que las ventas son más lentas en esta época del año".

«Я визнаю, що продажі в цю пору року повільніші».

"Pero no hay época del año en que no haya ventas".

«Але немає пори року, коли б не було продажів».

Por un momento Gregor olvidó todo lo que le rodeaba.

На мить Грегор забув усе навколо.

—¡Pero señor Prokurist! —gritó Gregor desesperado.

«Але ж пане Прокуристе!» — вигукнув Грегор у розпачі.

"Abriré la puerta enseguida, ahora mismo, no te preocupes."

«Я зараз відчиню двері, просто зараз, не хвилюйся».

"El problema es que me he estado sintiendo bastante mal."

«Проблема в тому, що я почуваюся досить погано».

"Mi mareo me impidió llegar a la puerta."

«Моє запаморочення завадило мені дістатися до дверей».

"Todavía estoy en cama, pero me siento mucho mejor."

«Я все ще лежу в ліжку, але почуваюся набагато краще».

"Un momento por favor, me estoy levantando de la cama."

"Зачекайте хвилинку, будь ласка, я якраз встаю з ліжка."

"Un momento de paciencia es todo lo que pido, señor Prokurist."

«Хвилинку терпіння — це все, про що я прошу, пане Прокуристе».

"No va tan bien como pensaba, pero estaré bien".

«Все йде не так добре, як я думав, але зі мною все буде добре».

"¿Cómo puede sucederle algo así a una persona tan rápidamente?"

«Як таке може так швидко статися з людиною?»

"Me sentí bien anoche, mis padres lo saben."

«Я почувався добре минулої ночі, мої батьки це знають».

"Pero quizá ya tuve una pequeña premonición entonces."

«Але, можливо, в мене вже тоді було невеличке передчуття».

"Quizás te preguntes por qué no lo reporté en la oficina".

«Ви можете запитати, чому я не повідомив про це в офісі».

"Pensé que me sentiría mucho mejor por la mañana".

«Я думав, що вранці мені буде набагато краще».

"Uno siempre piensa que para entonces ya habrá superado la enfermedad."

«Завжди думаєш, що на той час хвороба вже подолається».

"¡Pero por favor! ¡Libera a mis padres de estas acusaciones!"

«Але будь ласка! Звільніть моїх батьків від цих звинувачень!»

"No me han dicho ni una palabra de lo que me contaste."

«Мені не сказали жодного слова про те, що ти мені розповів».

"Puede que no hayas leído las últimas órdenes que envié".

«Можливо, ви не читали останніх наказів, які я розіслав».

"Por cierto, no tienes que preocuparte por mí hoy."

«До речі, тобі сьогодні не потрібно за мене хвилюватися».

"Aun así voy a tomar el tren de las ocho."

«Я все одно поїду потягом о восьмій годині».

"Las pocas horas de descanso me han fortalecido bastante".

«Кілька годин відпочинку достатньо мене зміцнили».

"Realmente no hay necesidad de esperar, gerente."

«Вам справді немає потреби чекати, менеджере».

"Yo también estaré en la oficina muy pronto."

«Я теж скоро буду в офісі».

"Y por favor, ten la amabilidad de decirme algo bueno".

«І будь ласка, будьте такі ласкаві, замовте за мене добре слівце».

Gregor había pronunciado su explicación con bastante precipitación.

Грегор вимовив своє пояснення досить поспішно.

Apenas sabía lo que realmente estaba tratando de decir.

Він ледве знав, що насправді намагається сказати.

Se acercó a la caja y trató de usarla para ponerse de pie.

Він підійшов до коробки та спробував використати її, щоб встати.

Realmente tenía toda la intención de abrir la puerta.

Він справді мав намір відчинити двері.

Quería ser visto por el representante autorizado.

Він хотів, щоб його побачив уповноважений представник.

Y quería resolver el problema con él personalmente.

І він хотів вирішити проблему особисто з ним.

Estaba ansioso por saber cómo reaccionarían los demás ante él.

Йому дуже кортіло дізнатися, як інші відреагують на нього.

Ya deben estar ansiosos por ver cómo está.

Вони, мабуть, також вже нетерпляче чекають, як у нього справи.

Había dos formas posibles en las que podían reaccionar ante él.

Було два можливих способи, як вони могли на нього відреагувати.

Una posibilidad era que estuvieran asustados.

Однією з можливостей було те, що вони будуть налякані.

Si estaban asustados entonces él no tenía ninguna responsabilidad.

Якщо вони були налякані, то він не ніс відповідальності.

Y entonces no tendría que preocuparse por la situación.

І тоді йому не довелося б турбуватися про ситуацію.

Pero también había otra posibilidad en la que pensar.

Але була також інша можливість, про яку варто подумати.

Quizás aceptarían con calma su forma de ser.

Можливо, вони б спокійно прийняли його таким, яким він є.

Entonces Gregor tampoco tendría motivos para enojarse.
Тоді б і у Грегора не було причин засмучуватися.
Todavía habría tiempo suficiente para coger el tren.
Ще буде достатньо часу, щоб встигнути на поїзд.
Sin embargo, mantenerse en pie no fue una tarea fácil.
Однак стояти прямо було аж ніяк не легким завданням.
En sus primeros intentos se resbaló de la caja.
Під час перших кількох спроб він зісковзнув з коробки.
La caja era demasiado lisa para que él pudiera apoyarse contra ella.
Коробка була надто гладенькою, щоб він міг об неї встати.
Y finalmente se dio un último empujón para ponerse de pie.
І нарешті він зробив останній поштовх, щоб підвестися.
Ya no le prestó más atención al dolor en su abdomen.
Він більше не звертав уваги на біль у животі.
No importaba cuánto dolor sintiera, él lo superaría.
Яким би сильним не був біль, він би його пережив.
Se dejó caer contra el respaldo de una silla cercana.
Він дозволив собі впасти на спинку сусіднього стільця.
Y se agarró a los bordes con sus pequeñas piernas.
І він тримався за краї своїми маленькими ніжками.
En ese momento ya tenía más control de sí mismo.
На цьому етапі він краще взяв себе в руки.
Y su caída fue más silenciosa que la anterior.
І його падіння було тихішим за попереднє.
Porque tenía que escuchar lo que decía el gerente.
Бо він мусив слухати, що каже менеджер.
¿Entendieron algo de eso?, preguntó a los padres.
«Ви щось зрозуміли?» — спитав він батьків.
"No se burlaría de nosotros, ¿verdad?"
«Він же не зробить з нас дурнів, чи не так?»
—¡Por Dios! —gritó la madre, ya llorando.
«Заради Бога», — гукнула мати, вже плачучи.
"Puede que esté gravemente enfermo y lo estamos atormentando".
«Він може бути серйозно хворий, і ми його мучимо».
"¡Grete! ¡Grete!", le gritó a la hija.

«Ґрете! Ґрете!» — кричала вона доньці.

"¿Mamá?" llamó la hermana desde el otro lado.

«Мамо?» — гукнула сестра з іншого боку.

Luego se comunicaron a través de la habitación de Gregor.

Потім вони спілкувалися через кімнату Грегора.

Gregor está muy enfermo y necesita medicamentos.

«Грегор дуже хворий, і йому потрібні ліки».

"Tendrás que ir al médico inmediatamente."

«Вам доведеться негайно йти до лікаря».

¿Escuchaste cómo habló Gregor hace un momento?

«Ти чув, як Грегор щойно говорив?»

"Esa era la voz de un animal", dijo el gerente.

«Це був голос тварини», — сказав менеджер.

Sus palabras eran silenciosas comparadas con los gritos de la madre.

Його слова були тихими порівняно з криками матері.

—¡Anna! ¡Anna! —llamó el padre desde la antesala.

«Анно! Анно!» — гукнув батько з передпокою.

Y aplaudió para llamar su atención.

І він заплескав у долоні, щоб привернути їхню увагу.

"¡Llama a un cerrajero inmediatamente!" le ordenó a la criada.

«Негайно викликайте слюсаря!» — наказав він покоївці.

Las muchachas, con sus faldas, corrían por la antesala.

Дівчата, в спідницях, пробігли через передпокій.

Y sus faldas crujieron mientras corrían frente a su habitación.

І їхні спідниці шелестіли, коли вони пробігали повз його кімнату.

"¿Cómo se vistió la hermana tan rápido?" pensó.

«Як сестра так швидко одяглася?» — подумав він.

La puerta se abrió de golpe, pero no se cerró de golpe.

Двері були розчахнуті, але не зачинені з грюкотом.

Esto es común en los hogares donde ocurre una gran desgracia.

Це поширене явище в будинках, де трапляється велике нещастя.

Pero todo esto había hecho que Gregor se volviera mucho más tranquilo.

Але все це значно заспокоїло Грегора.

Cuando escuchó sus propias palabras le parecieron claras.

Коли він почув власні слова, вони здалися йому зрозумілими.

De hecho, sintió que sus palabras habían sido más claras.

Насправді, він відчував, що його слова були чіткішими.

Pero los demás ya no entendían lo que decía.

Але інші вже не розуміли, що він мав на увазі.

Quizás ya se había acostumbrado a sus oídos.

Можливо, він уже звик до своїх вух.

Pero al menos ahora entendían mejor su situación.

Але принаймні тепер вони краще розуміли його ситуацію.

Se dieron cuenta de que realmente había algo mal con él.

Вони зрозуміли, що з ним справді щось не так.

Y ahora estaban haciendo todo lo que podían para ayudarlo.

І тепер вони робили все можливе, щоб допомогти йому.

Esto le dio a Gregor una sensación de confianza que le faltaba.

Це дало Грегору відчуття впевненості, якого йому бракувало.

Y se sintió nuevamente mucho más seguro en la familia.

І він знову почувався набагато впевненіше в родині.

Se sintió incluido nuevamente en el círculo humano.

Він відчув, ніби знову потрапив до людського кола.

Ahora tenía que esperar que el cerrajero pudiera abrir la puerta.

Тепер йому залишалося сподіватися, що слюсар зможе відчинити двері.

Y esperaba que el médico pudiera realizar tales tareas.

І він сподівався, що лікар зможе виконувати такі завдання.

Pronto tendría que hablar más.

Невдовзі йому знову доведеться більше говорити.

Su voz tendría que ser lo más clara posible.

Його голос мав бути якомога чіткішим.

Para prepararse para la reunión se aclaró la garganta.

Щоб підготуватися до зустрічі, він прокашлявся.

Sin embargo, hizo todo lo posible para toser muy silenciosamente.

Однак він намагався кашляти лише дуже тихо.

El ruido podría haber sonado diferente a una tos humana.

Звук міг відрізнятися від людського кашлю.

Sabía que ya no podía diferenciar esas cosas.

Він знав, що більше не може розрізняти такі речі.

En la habitación contigua reinaba un silencio absoluto.

У сусідній кімнаті стало зовсім тихо.

Los padres probablemente estaban sentados a la mesa.

Батьки, мабуть, сиділи за столом.

Quizás estaban susurrando con el gerente.

Можливо, вони шепотілися з менеджером.

Quizás todos estaban apoyados en la puerta y escuchando.

Можливо, всі стояли біля дверей і підслуховували.

Gregor empujó lentamente la silla hacia la puerta.

Грегор повільно підсунув стілець до дверей.

Empujó la puerta y se mantuvo en pie.

Він відштовхнувся від дверей і випростався.

Se enteró de que las almohadillas de sus pies tenían un poco de pegamento.

Він дізнався, що на подушечках його лап є трохи клею.

Y descansó allí un momento del esfuerzo.

І він на мить відпочив від напруги.

Después de descansar lo suficiente, comenzó con la siguiente tarea.

Достатньо відпочивши, він взявся за наступне завдання.

Empezó a girar la llave en la cerradura con la boca.

Він почав ротом повертати ключ у замку.

Desafortunadamente, parecía que no tenía dientes reales.

На жаль, здавалося, що у нього не було справжніх зубів.

¿Pero qué otra forma tenía de conseguir las llaves?

Але який інший спосіб у нього був схопити ключі?

Afortunadamente para él, sus mandíbulas eran, por supuesto, muy fuertes.

На щастя для нього, його щелепи, звісно, були дуже міцними.

Con la ayuda de sus mandíbulas realmente consiguió mover la llave.

За допомогою своїх щелеп він справді зрушив ключ з місця.

No tenía ninguna duda de que él también se estaba haciendo daño.

Він не мав жодних сумнівів, що завдає шкоди й собі.

Porque de su boca salía un líquido marrón.

Бо з його рота текла коричнева рідина.

El líquido marrón fluyó sobre la llave y por la puerta.

Коричнева рідина стікала по ключу та вниз по дверях.

Pero a Gregorio no le importaba hacerse daño a sí mismo.

Але Грегору було байдуже, що він шкодить собі.

"¿Puedes oír eso?" dijo el gerente en la habitación de al lado.

«Ви чуєте це?» — сказав менеджер у сусідній кімнаті.

"Está girando la llave", había notado el gerente.

«Він повертає ключ», — помітив менеджер.

Estas palabras fueron un gran estímulo para Gregor.

Ці слова дуже підбадьорили Грегора.

Pero el padre y la madre también deberían haber gritado:

Але батько й мати також мали б вигукнути:

«¡Bien, Gregor!», deberían haberle gritado.

«Добре, Грегоре», — мали б вони йому крикнути.

"Sigue adelante, sigue girando esa llave, puedes lograrlo".

«Продовжуй, повертай ключ, ти зможеш це зробити».

Pero Gregor tuvo que imaginarse su emoción.

Але натомість Грегор мусив уявити їхнє хвилювання.

Apretó las mandíbulas con toda la fuerza que tenía.

Він стиснув щелепи щосили.

Y continuó girando la llave en la cerradura.

І він продовжував повертати ключ у замку.

Dolorosamente su cuerpo se retorció en un círculo.

Його тіло болісно закручувалося по колу.

Ahora se mantenía erguido únicamente con la boca.

Тепер він тримався прямо лише за допомогою рота.

Para seguir girando la llave presionó contra la puerta.

Щоб продовжувати крутити ключ, він натиснув на двері.

Finalmente el chasquido de la cerradura despertó de nuevo a Gregor.

Нарешті клацання замка знову розбудило Грегора.

"Así que no necesité al cerrajero", suspiró aliviado.

«Тож мені не потрібен був слюсар», — зітхнув він з полегшенням.

Ahora sólo faltaba abrir la puerta que había desbloqueado.

Тепер йому залишалося лише відчинити двері, які він відімкнув.

Y con la cabeza en el pomo abrió la puerta.

І, поклавши голову на ручку, він відчинив двері.

Estaba detrás de la puerta que daba a su habitación.

Він був за дверима, що відчинялися до його кімнати.

Así que la puerta ya estaba abierta antes de que pudiera ser visto.

Тож двері вже були відчинені, перш ніж його змогли побачити.

A continuación tuvo que maniobrar para rodear la puerta.

Далі йому довелося маневрувати навколо самих дверей.

Este difícil movimiento también requirió mucho esfuerzo.

Цей складний рух також вимагав чимало зусиль.

No quería caer torpemente en la habitación contigua.

Він не хотів незграбно впасти до сусідньої кімнати.

Así que no tuvo tiempo de prestar atención a nada más.

Тож у нього не було часу звертати увагу на щось інше.

Pero entonces oyó al jefe de oficina exclamar en voz alta: "¡Oh!".

Але потім він почув, як головний клерк голосно вигукнув: «О!»

Sonaba como si el viento corriera a través de la casa.

Звучало так, ніби вітер пронизував будинок.

Resultó que él era el que estaba más cerca de la puerta.

Випадково він був тим, хто був найближче до дверей.

Y al verlo, se llevó la mano a la boca.

І тепер, побачивши його, він приклав руку до рота.

Se movió lentamente hacia atrás, alejándose de Gregor.

Він повільно відступив назад, подалі від Грегора.

Pero era como si una fuerza invisible actuara sobre él.

Але на нього ніби діяла якась невидима сила.

Lo primero que hizo la madre fue mirar al padre.

Перше, що зробила мати, це подивилася на батька.

A pesar de la presencia del gerente, su cabello estaba despeinado.

Незважаючи на присутність менеджера, її волосся було скуйовджене.

Desplegó los brazos y dio dos pasos hacia adelante.

Вона розпростерла руки й зробила два кроки вперед.

Pero entonces se desplomó en medio de su falda.

Але потім вона впала посеред спідниці.

Su vestido se extendió a su alrededor en el suelo.

Її сукня розтягнулася навколо неї по підлозі.

Y su cabeza desapareció sobre sus propios pechos.

І її голова зникла на власних грудях.

El padre apretó el puño con expresión hostil.

Батько стиснув кулак з ворожим виразом обличчя.

Parecía querer que Gregor fuera empujado de nuevo a su habitación.

Здавалося, він хотів, щоб Грегора заштовхали назад до його кімнати.

Luego miró con incertidumbre alrededor de la sala de estar.

Потім він невпевнено озирнувся по вітальні.

Y finalmente se cubrió los ojos entre las manos.

І нарешті він закрив очі долонями.

Y lloró amargamente hasta que su poderoso pecho se estremeció.

І він гірко плакав, аж поки його могутні груди не затремтіли.

Gregor en realidad no entró en su habitación.

Грегор насправді взагалі не заходив до їхньої кімнати.

En lugar de eso, se apoyó contra el marco de la puerta.

Натомість він прихилився до дверної рами.

Para los que estaban desde fuera solo era visible la mitad de su cuerpo.

Лише половина його тіла була видна тим, хто був зовні.

Y encima de su cuerpo estaba su cabeza, inclinada hacia un lado.

А зверху його тіла була голова, нахилена набік.

Para entonces la luz se había vuelto mucho más brillante que antes.

На той час світло стало набагато яскравішим, ніж раніше.

Ahora se podía ver claramente el otro lado de la calle.

Тепер було чітко видно інший бік вулиці.

Apareció una sección del interminable y gris hospital.

Попереду відкрилася частина безкінечної сірої лікарні.

La lluvia de la mañana aún no había parado del todo de caer.

Ранковий дощ ще не зовсім припинився.

Pero ahora las gotas de lluvia eran más grandes y estaban más separadas.

Але тепер краплі дощу були більші та далі одна від одної.

Los platos del desayuno estaban en abundancia en la mesa.

Страв на сніданок було на столі вдосталь.

El padre pensaba que el desayuno era la comida más importante.

Батько вважав сніданок найважливішим прийомом їжі.

El desayuno era una comida que se prolongaba durante horas.

Сніданок був трапезою, яку він тягнув годинами.

Y en esas horas leía los distintos periódicos.

І в ці години він читав різні газети.

Justo en la pared opuesta colgaba una fotografía de Gregor.

Якраз на протилежній стіні висіла фотографія Грегора.

La fotografía en la pared lo mostraba como teniente.

На фотографії на стіні він був зображений у званні лейтенанта.

Era una fotografía de su época en el ejército.

Це було фото з часів, коли він служив у армії.

Su mano estaba sobre su espada y tenía una sonrisa despreocupada.

Його рука була на мечі, а на очах у нього була безтурботна посмішка.

Su postura y su uniforme exigían cierto respeto.

Його постава та уніформа вимагали певної поваги.

La otra puerta que conducía a la antesala también estaba abierta.

Інші двері, що вели до передпокою, також були відчинені.

Y la puerta del apartamento todavía estaba abierta también.

І двері до квартири також були відчинені.

Se podía ver hasta el patio delantero del apartamento.

Звідти було видно аж до переднього двору квартири.

Y luego las escaleras conducían a la calle de abajo.

А потім сходи вели вниз, на вулицю.

Gregor fue el único que mantuvo la compostura.

Грегор був єдиним, хто зберіг самовладання.

Él vio esto, por lo que la conversación era su responsabilidad.

Він це бачив, тому розмова була його відповідальністю.

"Bueno, ahora me voy a vestir para ir a trabajar", dijo.

«Ну, я зараз одягнуся на роботу», – сказав він.

"Después de haber empaquetado las muestras textiles, me iré."

«Після того, як я спакую зразки текстилю, я піду».

"¿Aún tiene intención de dispararme, señor Prokurist?"

«Ви все ще маєте намір мене звільнити, пане Прокурист?»

"Como puedes ver, no soy tan terco como pensabas."

«Як бачиш, я не такий упертий, як ти думав».

"Y puedes ver que después de todo me gusta trabajar".

«І ви бачите, що я таки люблю працювати».

"Puedo admitir que viajar por trabajo no es fácil".

«Можу визнати, що подорожувати у справах непросто.»

"Pero también puedo aceptar que es parte de mi trabajo".

«Але я також можу прийняти те, що це частина моєї роботи».

"Gerente, ¿adónde va? ¿De vuelta a la oficina?"

"Менеджере, куди ви йдете? Назад до офісу?"

"¿Informarás verazmente de todo lo que has visto?"

«Ви правдиво розповісте про все, що бачили?»
"A veces sucede que uno no puede ir a trabajar."
«Іноді трапляється, що людина не може ходити на роботу».
"Este es el momento adecuado para recordar los logros pasados".
«Це саме той час, щоб згадати минулі досягнення».
"Después de eliminar la dificultad, uno trabaja aún mejor."
«Після усунення труднощів людина працює ще краще».
"Mi diligencia y concentración aumentarán".
«Моя старанність та зосередженість зростатимуть».
"Sabes muy bien que estoy en deuda con el jefe."
«Ти ж добре знаєш, що я в боргу перед начальником».
"Pero también estoy preocupada por mis padres y mi hermana".
«Але також я хвилююся за своїх батьків і сестру».
"Estoy en una situación difícil, pero encontraré la manera de salir de ella".
«Я у скрутному становищі, але я з нього виберуся».
"No hagas esto más difícil de lo que ya es."
«Не ускладнюй це, ніж воно вже є».
"Como compañeros de trabajo también tenemos que ayudarnos unos a otros".
«Як колеги по роботі, ми також повинні допомагати один одному».
"Sé que a los trabajadores de oficina no les gustan los viajeros".
«Я знаю, що офісні працівники не люблять мандрівників».
"¿Crees que ganamos una fortuna y llevamos una buena vida?"
«Ти думаєш, що ми заробляємо статки та ведемо гарне життя».
"No tienen ningún motivo real para considerar sus prejuicios".
«У них немає реальних підстав враховувати свої упередження».
"Pero usted, oficial autorizado, tiene un papel diferente."

«Але у вас, уповноважений офіцер, інша роль».
"Tienes una mejor visión general que el resto del personal".
"У вас кращий огляд, ніж у інших співробітників."
"De hecho, creo que probablemente tengas la mejor visión general".
«Насправді, я думаю, що ви маєте найкращий огляд ситуації.»
"Tienes una visión mejor que el propio jefe".
«У тебе кращий огляд, ніж у самого начальника».
"Admito que el jefe hace el trabajo empresarial".
«Я визнаю, що начальник справді виконує підприємницьку роботу».
"Pero es fácil que sus juicios sean erróneos."
«Але його судження легко помилитися».
"Y estos pequeños errores de juicio pueden ser en nuestro detrimento".
«І ці невеликі помилки можуть бути нам на шкоду».
"Ya sabes lo fácil que es hablar del viajero."
«Ти ж знаєш, як легко говорити про мандрівника».
"Él no está allí para defender su reputación de los chismes".
«Він там не для того, щоб захищати свою репутацію від пліток».
"Esas acusaciones pueden fácilmente ser meras coincidencias".
«Ці звинувачення легко можуть бути просто збігами».
"Muchas quejas ni siquiera tienen su base en ninguna verdad."
«Багато скарг навіть не ґрунтуються на жодній істині».
"Está fuera de la oficina casi todo el año."
«Його майже цілий рік немає в офісі».
¿Qué posibilidades tiene de defender su propia reputación?
«Який у нього шанс захистити власну репутацію?»
"Ni siquiera se entera de las acusaciones".
«Він навіть не чує про звинувачення».
"Se entera de lo que se ha dicho cuando ya es demasiado tarde."
«Він дізнається, що було сказано, коли вже надто пізно».

A estas alturas ya está exhausto por el viaje del día.
«На той момент він вже виснажений після денної
подорожі».
"De todos modos, tendrá que experimentar las terribles
consecuencias".
«Йому все одно доведеться відчути жахливі наслідки».
"Aunque no tiene forma de entender el problema."
«Хоча він ніяк не може зрозуміти проблему».
"Oh, gerente, no se vaya sin decirme una palabra".
"О, менеджере, не йдіть, не сказавши мені ні слова."
"Al menos dime que estás de acuerdo conmigo en parte."
«Хоча б скажи, що ти частково зі мною згоден».
Pero el manager se había alejado de Gregor mucho antes.
Але менеджер відвернувся від Грегора набагато раніше.
Su hombro se contrajo cuando volvió a mirar a Gregor.
Його плече сіпнулося, коли він глянув на Грегора.
Y no se quedó quieto ni un solo momento durante su
discurso.
І він жодного разу не зупинився на місці під час промови.
Él había mirado a Gregor con los labios fruncidos.
Він дивився на Грегора, стиснувши губи.
Se había ido retirando gradualmente hacia la puerta.
Він поступово відступав до дверей.
Pero tampoco podía apartar la mirada de Gregor.
Але він також не міг відвести погляду від Грегора.
Sintió como si hubiera una prohibición secreta de salir de la
habitación.
Він відчував, ніби існує таємна заборона виходити з
кімнати.
Pero a estas alturas ya estaba en el vestíbulo de entrada.
Але на цьому етапі він уже був у вхідній залі.
Y ahora hizo un movimiento repentino hacia la salida.
І тепер він різко рушив до виходу.
Extendió su mano derecha hacia las escaleras.
Він простягнув праву руку до сходів.
Quizás una fuerza sobrenatural estaba esperando para
salvarlo.

Можливо, якась надприродна сила чекала на його порятунок.

Gregor sabía que no podía permitir que se fuera así.

Грегор знав, що не може дозволити йому так піти.

El gerente no debe regresar con el mismo humor en el que estaba.

Менеджер не повинен повертатися в такому настрої, в якому він був.

La seguridad del trabajo de Gregor estaba en grave peligro.

Безпека роботи Грегора була під великою загрозою.

Los padres no podían comprender plenamente todo esto.

Батьки не могли до кінця зрозуміти всього цього.

Con los años se habían acostumbrado a su seguridad laboral.

З роками вони звикли до його стабільної роботи.

Y se convencieron de que tenía el trabajo de por vida.

І вони переконалися, що ця робота в нього на все життя.

En lugar de eso, se habían ocupado de otras preocupaciones.

Натомість вони були зайняті іншими турботами.

Pero estas preocupaciones les hicieron perder toda previsión.

Але ці побоювання призвели до того, що вони втратили будь-яку передбачливість.

Gregor, sin embargo, no había perdido la previsión paterna.

Грегор, однак, не втратив батьківської передбачливості.

Alguien tenía que detener al representante autorizado.

Хтось мав зупинити уповноваженого представника.

Iba a tener que calmarlo y convencerlo.

Йому доведеться його заспокоїти та переконати.

¡El futuro de Gregor y su familia dependía de ello!

Майбутнє Грегора та його родини залежало від цього!

Ojalá la inteligente hermana hubiera estado allí para ayudar.

Якби ж тільки розумна сестра була тут, щоб допомогти.

Ella ya había llorado cuando Gregor todavía estaba en su habitación.

Вона вже плакала, коли Грегор ще був у своїй кімнаті.

En ese momento él simplemente yacía tranquilamente boca arriba.

У той момент він просто спокійно лежав на спині.

Ella ya sabía entonces la importancia de la situación.

Вона вже тоді усвідомлювала важливість ситуації.

El gerente tenía una debilidad bien conocida por las mujeres.

Менеджер мав добре відому слабкість до жінок.

Ella fácilmente podría haberlo persuadido para que se quedara más tiempo.

Вона могла б легко вмовити його залишитися довше.

Ella habría cerrado la puerta y lo habría guiado adentro.

Вона б зачинила двері та провела його назад.

Pero desafortunadamente la hermana había ido a buscar un médico.

Але, на жаль, сестра пішла за лікарем.

Así que Gregor no tuvo más remedio que hacerlo él mismo.

Тож у Грегора не було іншого вибору, окрім як зробити це самому.

No había considerado cuáles eran realmente sus habilidades.

Він не замислювався над тим, які його здібності насправді.

Y se había olvidado de desconfiar de su capacidad de hablar.

І він забув не довіряти своїй здатності говорити.

Pero aún así, abandonó la seguridad de su habitación.

Але все ж таки він покинув безпечну кімнату.

Y se abrió paso a través de la abertura de la habitación.

І він проштовхнувся крізь отвір кімнати.

El gerente ya estaba bajando las escaleras.

Менеджер вже спускався сходами.

Pero él se agarraba a la barandilla con ambas manos.

Але він тримався за перила обома руками.

Gregor se cayó mientras intentaba atravesar la puerta.

Грегор упав, проштовхуючись крізь двері.

Dejó escapar un pequeño grito mientras trataba de agarrar algo para apoyarse.

Він тихо скрикнув, схопившись за щось, щоб підтриматися.

Pero en lugar de pánico, sintió un bienestar físico.

Але замість паніки він відчував фізичне благополуччя.

Por primera vez esa mañana algo se sintió bien.

Вперше того ранку щось здавалося правильним.

Todas sus piernas ahora tenían tierra sólida debajo de ellas.

Тепер під усіма його ногами була тверда земля.

Se sorprendió de lo bien que podía controlar sus piernas.

Він був здивований, як добре він міг контролювати свої ноги.

Se alegró de notar que sus piernas le obedecían completamente.

Він був радий помітити, що його ноги повністю йому слухаються.

De hecho, sus piernas lo llevaban a donde quería.

Насправді, ноги несли його, куди він хотів.

Pronto todas sus penas estaban destinadas a llegar a su fin.

Невдовзі всім його печалям мав настати кінець.

Pero en ese mismo momento su propia madre saltó.

Але тієї ж миті підскочила його власна мати.

Sus brazos estaban extendidos y sus dedos separados.

Її руки були витягнуті, а пальці розчепірені.

Y ella gritó: "¡Socorro! ¡Por el amor de Dios, que alguien ayude!"

І вона закричала: «Допоможіть, заради Бога, хтось допоможіть!»

Ella inclinó la cabeza; quería ver mejor a Gregor.

Вона нахилила голову; вона хотіла краще роздивитися Грегора.

Pero en contraposición a la primera acción, ella corrió hacia atrás.

Але, скасовуючи першу дію, вона побігла назад.

Se había olvidado que la mesa estaba puesta detrás de ella.

Вона забула, що стіл позаду неї накритий.

Todos los elementos para el desayuno todavía estaban en la mesa.

Все, що було потрібно на сніданок, все ще було на столі.

Se sentó apresuradamente en la mesa, como distraída.

Вона поспішно сіла за стіл, ніби розсіяна.

Y ella no pareció darse cuenta del café derramado.

І вона, здається, не помітила розлитої кави.

El café que ahora estaba empapando la alfombra.

Кава, яка тепер вбиралася в килим.

—Mamá, madre —dijo Gregor suavemente, mirándola.

«Мамо, мамо», — тихо сказав Грегор, дивлячись на неї.

Por el momento el manager no era importante para él.

Наразі менеджер не був для нього важливим.

Pero también estaba el café goteando sobre la alfombra.

Але також там була кава, що капала на килим.

Gregor no pudo resistirse a chasquear las mandíbulas al tomar el café.

Грегор не втримався і клацнув щелепами кавою.

La madre comenzó a llorar nuevamente por su comportamiento.

Мати знову почала плакати через його поведінку.

Ella saltó de la mesa para distanciarse de él.

Вона зіскочила зі столу, щоб віддалитися від нього.

Y ella corrió a los brazos del padre, buscando seguridad.

І вона побігла в обійми батька, щоб сховатися.

Pero Gregor ya no tenía tiempo que perder con sus padres.

Але у Грегора тепер не було вільного часу для батьків.

El oficial autorizado ya estaba en las escaleras.

Уповноважений офіцер вже був на сходах.

Apoyó la barbilla en la barandilla para mirar dentro de la casa.

Він сперся підборіддям на перила, щоб зазирнути в будинок.

Al parecer quería echar un último vistazo al espectáculo.

Мабуть, він хотів востаннє поглянути на це видовище.

Y Gregor hizo un último esfuerzo para llegar hasta el gerente.

І Грегор зробив останню спробу додзвонитися до менеджера.

Corrió hacia la puerta tan seguro como pudo.

Він побіг до дверей якомога безпечніше.

Pero el jefe de oficina debía de sospechar algo.

Але головний клерк, мабуть, щось запідозрив.

Porque saltó varios escalones y desapareció.

Бо він стрибнув униз з кількох сходинок і зник.

—¡Huh! —gritó Gregor, resonando en la escalera.

«Га!» — крикнув Грегор, луною відлунюючи сходами.

La fuga del gerente también pareció confundir a su padre.

Втеча менеджера, здавалося, також збентежила його батька.

Hasta entonces había conseguido mantener la compostura.

До того часу йому вдавалося залишатися досить спокійним.

Pero desgraciadamente él también perdió la compostura que había tenido.

Але, на жаль, він також втратив колишню самовладання.

Lo que debería haber hecho es ayudar a Gregor en su persecución.

Що він мав зробити, це допомогти Грегору в його переслідуванні.

Pero con una mano agarró el bastón del gerente.

Але він схопив в одну руку тростину менеджера.

Y en la otra mano sostenía ahora un periódico.

А в іншій руці він тепер тримав газету.

Y ahora estorbó directamente a Gregor en su persecución.

І тепер він прямо завадив Грегору в його переслідуванні.

Se había colocado entre Gregor y la calle.

Він став між Грегором і вулицею.

Golpeó el suelo con los pies y agitó el palo y el periódico.

Він тупнув ногами та помахав палицею й газетою.

Y él estaba forzando activamente a Gregor a regresar a su habitación.

І він активно силоміць заштовхував Грегора назад до своєї кімнати.

Ninguna de las peticiones que Gregor intentó hacer sirvió de algo.

Жодне з прохань, які намагався зробити Грегор, не допомогло.

Porque ninguna de las peticiones que hizo fue entendida.

Бо жодне з його прохань не було зрозумілим.

Giró la cabeza hacia un ángulo más profundo y humilde.

Він повернув голову глибше, скромніше.

Pero su padre respondió golpeando el suelo con más fuerza.

Але його батько відповів, ще сильніше тупнувши ногами.

La madre abrió una ventana, a pesar del clima frío.

Мати відчинила вікно, незважаючи на прохолодну погоду.

Y apretó su cara entre sus manos en el frío.

І вона затулила обличчя долонями від холоду.

El viento ahora podría pasar por todo el apartamento.

Вітер тепер міг проходити крізь усю квартиру.

Una fuerte corriente de aire soplaba desde la escalera hacia el callejón.

Зі сходів до провулка дув сильний протяг.

Las cortinas se agitaban a causa del fuerte viento.

Штори майоріли від сильного вітру.

Y el periódico sobre la mesa crujió con el viento.

А газета на столі шелестіла на вітрі.

Incluso algunas hojas fueron arrastradas hasta el interior de la casa desde el exterior.

Навіть деяке листя занесло в будинок ззовні.

El padre pateaba y empujaba sin descanso.

Батько тупотів ногами та невпинно штовхався.

Y silbaba y hacía ruidos como lo haría un hombre salvaje.

І він шипів та видавав звуки, як це робив дикун.

Pero Gregor aún no había practicado el caminar hacia atrás.

Але Грегор ще не навчився ходити задом наперед.

Incluso Gregor admitiría que este movimiento era mucho más lento.

Навіть Грегор визнав би, що цей рух був набагато повільнішим.

Pero lo único que quería era la oportunidad de cambiar las cosas.

Однак усе, чого він хотів, це можливість розвернутися.

Entonces se habría ido directamente a su habitación.

Тоді він би одразу пішов до своєї кімнати.

Pero tenía demasiado miedo de impacientar a su padre.

Але він надто боявся розлютити батька.

Y allí estaba la amenaza de un golpe con el palo.

І існувала загроза удару палицею.

Un golpe así en la parte posterior de la cabeza podría ser fatal.

Такий удар по потилиці може бути смертельним.

Pero al final Gregor no tuvo otra opción.

Але зрештою у Грегора не залишилося іншого вибору.

Se dio cuenta de que ni siquiera podía caminar hacia atrás en línea recta.

Він зрозумів, що навіть не може ходити прямо задом наперед.

Empezó a girar tan rápido como pudo.

Він почав обертатися так швидко, як тільки міг.

Pero en realidad este movimiento giratorio era igualmente lento.

Але насправді цей поворотний рух був таким же повільним.

Y le siguieron las miradas ansiosas del padre.

І за ним стежили тривожні погляди батька.

Quizás el padre notó las buenas intenciones de Gregor.

Можливо, батько помітив добрі наміри Грегора.

Porque no le impidió darse la vuelta.

Бо він не заважав йому розвернутися.

Incluso utilizó la punta de su bastón para guiar la rotación.

Він навіть використовував кінчик своєї палиці, щоб керувати обертанням.

¡Pero Gregor aún deseaba que su padre no le hubiera silbado!

Але Грегор все ж таки шкодував, що батько на нього зашипів!

El silbido sólo aumentó la confusión del momento.

Шипіння лише посилило сум'яття моменту.

Y luego cometió un error y giró en la dirección equivocada.

А потім він помилився і повернув не в той бік.

Al final logró encarar el camino correcto.

Зрештою, йому таки вдалося повернутися у правильний бік.

Y estaba satisfecho con el progreso que había logrado.

І він був задоволений досягнутим прогресом.

Pero entonces el siguiente problema se hizo aún más evidente.

Але потім наступна проблема стала ще більш очевидною.

Su cuerpo era demasiado ancho para pasar fácilmente por la puerta.

Його тіло було занадто широким, щоб легко пролізти крізь двері.

En su estado actual el padre no se dio cuenta de esto.

У своєму нинішньому стані батько цього не помітив.

Así que no se le ocurrió abrir más la puerta.

Тож йому не спало на думку відчинити двері далі.

Entonces habría habido suficiente espacio para Gregor.

Тоді для Грегора було б достатньо місця.

Su única prioridad era conseguir que Gregor entrara a su habitación.

Його єдиним пріоритетом було завести Грегора до своєї кімнати.

Habría tenido que ponerse de pie para poder pasar por la puerta.

Йому довелося б встати, щоб пролізти крізь двері.

Pero el padre no hubiera permitido tal maniobra.

Але батько не дозволив би такого маневру.

De hecho, le estaba siseando aún más salvajemente que antes.

Насправді він шипів на нього ще шаленіше, ніж раніше.

Sonaba como si más de un hombre le estuviera silbando.

Це звучало так, ніби на нього шипів не просто один чоловік.

Sus demandas parecían tener una nueva urgencia detrás.

Здавалося, що його вимоги мали нову невідкладність.

Realmente ya no había más tiempo para perder el tiempo.

Тепер справді більше не було часу балуватися.

Pasara lo que pasara, Gregor tenía que atravesar la puerta.

Що б не сталося, Грегор мусив пройти крізь двері.

Se abrió paso sin ningún respeto por sí mismo.

Він протиснувся крізь це без жодної самоповаги.

Un lado de su cuerpo fue empujado hacia arriba por el movimiento.

Один бік його тіла піднявся вгору через рух.

Y él yacía torpe y torcido en el umbral de la puerta.

І він лежав незграбно та криво між дверима.

Uno de sus flancos quedó en carne viva rozando la madera.

Один з його боків був стертий об дерево.

Y había dejado feas manchas en la puerta pintada de blanco.

І він залишив жахливі плями на білих пофарбованих дверях.

Las piernas de uno de sus costados colgaban temblando en el aire.

Ноги з одного боку його тремтячими ногами звисали в повітрі.

Sus otras piernas estaban presionadas dolorosamente contra el suelo.

Інші його ноги були боляче притиснуті до підлоги.

Pronto se quedaría atrapado completamente entre las puertas.

Невдовзі він остаточно застрягне між дверима.

Y entonces no habría podido moverse en absoluto.

І тоді він би взагалі не зміг рухатися.

Pero el padre le dio un fuerte empujón realmente liberador.

Але батько дав йому справді визвольний сильний поштовх.

Y cayó, sangrando profusamente, hasta el fondo de su habitación.

І він упав, сильно стікаючи кров'ю, далеко у свою кімнату.

El padre cerró la puerta tras de sí con su bastón.

Батько грюкнув за собою дверима палицею.

Y finalmente hubo algo de paz y tranquilidad nuevamente.

І ось нарешті знову запанували мир і тиша.

Segunda parte
Частина друга

Gregor no se despertó hasta mucho más tarde ese mismo día.

Грегор прокинувся лише значно пізніше того ж дня.

Había anochecido; había dormido profundamente e inconscientemente.

Вже сутінки опустилися; він спав міцно та непритомно.

Se habría despertado incluso sin que nadie lo hubiera molestado.

Він би прокинувся навіть без турботи.

Porque se sentía suficientemente descansado y bien dormido.

Бо він справді почувався достатньо відпочившим і добре виспавшися.

Pero le pareció oír unos pasos fugaces afuera.

Але йому здалося, що він почув якісь швидкоплинні кроки зовні.

Y alguien podría haber cerrado cuidadosamente la puerta principal.

І хтось міг обережно зачинити вхідні двері.

La luz del tranvía eléctrico se reflejaba pálidamente en el techo.

Світло електричного трамвая блідо лежало на стелі.

La parte superior del mueble también recibió un poco de luz.

Верхня частина меблів також отримала трохи світла.

Pero allá abajo, a la altura de Gregor, estaba oscuro.

Але внизу, на рівні Грегора, було темно.

Sus piernas lo empujaron lentamente hacia la puerta nuevamente.

Його ноги повільно знову штовхали його до дверей.

Tenía mucha curiosidad por ver qué había sucedido allí.

Йому було дуже цікаво побачити, що там сталося.

Pero su control de sus sensores aún no estaba desarrollado.

Але його контроль над своїми щупальцями ще не був розвинений.

Aunque empezó a apreciar estos nuevos sensores.
Хоча він почав цінувати ці нові датчики.
Una cicatriz larga y desagradable parecía recorrer su costado izquierdo.
Здавалося, що вздовж його лівого боку тягнувся довгий неприємний шрам.
La cicatriz parecía como si apretara ese lado de su cuerpo.
Шрам ніби стягував цю сторону його тіла.
Y entonces tuvo que cojear literalmente sobre sus dos filas de piernas.
І тому йому довелося буквально шкутильгати на двох рядах ніг.
Esa mañana una de sus piernas resultó gravemente herida.
Того ранку в нього була серйозно травмована одна нога.
Realmente fue un milagro que no se hubiera roto más piernas.
Справді, це було диво, що він не зламав більше ніг.
Y así arrastró sin vida su pierna herida.
І так він безжиттєво тягнув за собою поранену ногу.
Cuando llegó a la puerta se dio cuenta de algo profundo.
Коли він підійшов до дверей, то зрозумів щось глибоке.
Fue el olor de algo lo que lo atrajo hasta allí.
Це був запах чогось, що його туди вабило.
A Gregor le habían dejado algo comestible en su habitación.
Для Грегора в його кімнаті залишили щось їстівне.
Trozos de pan blanco flotando en un cuenco de leche dulce.
Шматочки білого хліба плавають у мисці із солодким молоком.
Apenas podía contener la alegría que había dentro de él.
Він ледве міг стримати радість, що вирувала всередині нього.
Ahora tenía incluso más hambre que por la mañana.
Він був ще голодніший, ніж вранці.
Inmediatamente sumergió su cabeza en el cuenco de leche.
Він одразу ж занурив голову в миску з молоком.
La leche le salía casi por toda la cabeza, hasta los ojos.
Молоко вилилося майже на всю його голову, аж до очей.

Pero pronto echó la cabeza hacia atrás, amargamente decepcionado.

Але він невдовзі відкинув голову назад, гірко розчарований.

Comer era difícil debido a su delicado lado izquierdo.

Їсти було важко через його делікатний лівий бік.

Y sólo podía comer jadeando con todo su cuerpo.

І він міг їсти, лише задихаючись усім тілом.

Pero esa no fue la verdadera razón de su decepción.

Але це було не справжньою причиною його розчарування.

La leche siempre había sido uno de sus platos favoritos.

Молоко завжди було однією з його улюблених страв.

No tenía ninguna duda de que su hermana recordaba esto.

Він не сумнівався, що його сестра це пам'ятала.

Y esa fue la razón por la que le había dado leche.

І саме тому вона дала йому молока.

No podía explicar por qué ahora no le gustaba la leche.

Він не міг пояснити, чому йому тепер не подобається молоко.

Y se apartó del cuenco casi con reticencia.

І він майже з неохотою відвернувся від миски.

Decepcionado, se arrastró de nuevo hasta el centro de la habitación.

Розчарований, він поповз назад на середину кімнати.

Desde allí pudo ver a través de la rendija de la puerta.

Тут він зміг бачити крізь щілину у дверях.

Pudo ver que el fuego en la sala de estar estaba encendido.

Він бачив, що камін у вітальні горів.

Generalmente a esta hora el padre leía el periódico.

Зазвичай у цей час батько читав газету.

Él siempre solía leerle a la madre en voz alta.

Він завжди читав матері підвищеним голосом.

A veces la hermana también escuchaba al padre.

Іноді сестра також підслуховувала батька.

Ella siempre le había contado a Gregor sobre esta lectura en voz alta.

Вона завжди розповідала Грегору про це читання вголос.

Pero hoy no se oía ningún sonido en la habitación.

Але сьогодні з кімнати не доносилося жодного звуку.

Quizás este hábito ya había caído en desuso.

Можливо, ця звичка вже вийшла з практики.

Un profundo silencio se había apoderado de todo el apartamento.

Глибока тиша запанувала над усією квартирою.

Aunque sabía que el apartamento ciertamente no estaba vacío.

Хоча він знав, що квартира точно не порожня.

«¡Qué vida tan tranquila lleva la familia!», pensó Gregor.

«Яке ж тихе життя веде ця родина», — подумав Грегор.

Y miró hacia la oscuridad con gran orgullo.

І він з великою гордістю дивився в темряву.

Estaba orgulloso de la vida que había podido darles.

Він пишався життям, яке зміг їм подарувати.

Estaba orgulloso del hermoso apartamento en el que vivían.

Він пишався гарною квартирою, в якій вони жили.

¿Pero toda esta paz estaba a punto de tener un final terrible?

Але чи мав увесь цей мир настати жахливий кінець?

¿Les iban a quitar su prosperidad?

Чи їхнє процвітання буде забрано у них?

¿Su satisfacción ahora era incierta en el futuro?

Чи було їхнє задоволення тепер невизначеним у майбутньому?

Pero él no quería perderse en tales pensamientos.

Але він не хотів поринати в такі думки.

Para mantenerse ocupado se arrastraba arriba y abajo por las paredes.

Щоб чимось зайнятися, він повзав по стінах.

Durante la larga velada una puerta estaba entreabierta.

Протягом довгого вечора одні двері були трохи прочинені.

Y en otro momento la otra puerta se abrió un poquito.

А іншим разом інші двері трохи відчинилися.

Pero en ambas ocasiones las puertas se cerraron rápidamente de nuevo.

Але обидва рази двері швидко зачинялися.

Estaba claro que alguien de fuera tenía el deseo de entrar.

Очевидно, хтось ззовні мав бажання зайти всередину.

Pero también tenían demasiadas preocupaciones acerca de venir.

Але у них також було забагато побоювань щодо приходу.

Gregor ahora se detuvo directamente en la puerta de la sala de estar.

Грегор зупинився прямо біля дверей вітальні.

Estaba decidido a tentar de algún modo al indeciso visitante.

Він був сповнений рішучості якось спокусити вагаючогося гостя.

Y también quería saber quién había sido el visitante.

А також він хотів знати, хто був цей гість.

Pero aquella noche la puerta no se abrió una tercera vez.

Але того вечора двері не відчинили втретє.

Y Gregorio esperaba en vano junto a la puerta.

І Грегор даремно чекав біля дверей.

Más temprano ese día todos querían entrar a la habitación.

Раніше того ж дня вони всі хотіли зайти до кімнати.

Ahora que las puertas estaban desbloqueadas sería más fácil para ellos.

Тепер, коли двері були відчинені, їм було б легше.

Pero ellos prefirieron quedarse al otro lado de la habitación.

Але вони вирішили залишитися на іншому боці кімнати.

Gregor se dio cuenta de que las llaves ya no estaban en sus cerraduras.

Грегор помітив, що ключів більше немає в їхніх замках.

Alguien debe haber movido las llaves a la cerradura exterior.

Хтось, мабуть, переклав ключі до зовнішнього замка.

Sólo tarde por la noche se apagó la luz de la sala de estar.

Лише пізно вночі світло у вітальні вимкнули.

La familia debe haber permanecido despierta todo el tiempo.

Родина, мабуть, весь цей час не спала.

Y Gregor podía oírlos claramente alejándose de puntillas.

І Грегор чітко чув, як вони навшпиньки відходять.

Ahora nadie vendría a ver a Gregor hasta la mañana.

Тепер ніхто не збирався приходити до Грегора до ранку.

Así que tuvo mucho tiempo para sí mismo, para pensar sin interrupciones.

Тож у нього був довгий час для себе, щоб спокійно подумати.

¿Cuál sería la mejor manera de reorganizar su vida ahora?

Як би найкраще було зараз реорганізувати його життя?

Pero las altas paredes de la habitación vacía lo asustaban.

Але високі стіни порожньої кімнати лякали його.

No le quedó más remedio que tumbarse en el suelo.

Йому не залишалося нічого іншого, як лягти ниць на землю.

Y nunca encontró la causa de su miedo en ese espacio.

I він так і не знайшов причини свого страху в цьому просторі.

Era la misma habitación en la que había vivido durante cinco años.

Це була та сама кімната, в якій він жив п'ять років.

Medio inconscientemente hizo un movimiento hacia el sofá.

Напівсвідомо він рушив до дивана.

Y sin ninguna vergüenza se escondió debajo del sofá.

I без жодного сорому сховався під диваном.

Allí abajo se sintió inmediatamente de nuevo muy a gusto.

Там, унизу, він одразу ж знову відчув себе дуже комфортно.

A pesar de que tenía la espalda un poco presionada.

Незважаючи на те, що його спина була трохи притиснута.

Ya no podía levantar la cabeza debajo del sofá.

Він також більше не міг підняти голову з-під дивана.

Pero incluso esto lo prefería a estar en cualquier espacio abierto.

Але навіть цьому він надавав перевагу, ніж будь-якій відкритій місцевості.

Sin embargo, lamentó que su cuerpo fuera tan ancho.

Однак він шкодував, що його тіло було таким широким.

El sofá no podía cubrir completamente todo su cuerpo.

Диван не міг повністю прикрити все його тіло.

Se quedó debajo del sofá toda la noche.

Він пролежав під диваном усю ніч.

La noche la pasó medio dormido, perturbado por el hambre.

Ніч він провів напівсонним, потурбований голодом.

Y el tiempo que estaba despierto lo pasaba preocupado o esperanzado.

А час, коли він не спав, він проводив або в хвилюванні, або сповнений надії.

Pero todas sus vagas esperanzas llevaron a la misma conclusión.

Але всі його невиразні сподівання вели до одного й того ж висновку.

No tuvo más remedio que permanecer en silencio por el momento.

Йому не залишалося нічого іншого, окрім як поки що мовчати.

Tuvo que mostrar paciencia y consideración hacia la familia.

Йому довелося виявляти терпіння та турботу до родини.

Era la única manera de hacer soportable el inconveniente.

Це був єдиний спосіб зробити незручності стерпними.

Los inconvenientes que ahora estaba causando a la familia.

Незручності, які він тепер завдавав родині.

No tuvo que esperar mucho para demostrar su compasión.

Йому не довелося довго чекати, щоб довести своє співчуття.

Temprano por la mañana la hermana miró dentro de su habitación.

Рано-вранці сестра зазирнула до його кімнати.

Aunque en realidad era tan de noche como de mañana.

Хоча насправді була така ж ніч, як і ранок.

Ella estaba completamente vestida y parecía mostrar entusiasmo.

Вона була повністю одягнена і, здавалося, виявляла хвилювання.

La fuerza de su nueva decisión podría ser puesta a prueba.

Міцність його щойно прийнятого рішення могла бути перевірена.

Ella no lo encontró inmediatamente con su primera mirada.

Вона не одразу знайшла його з першого погляду.

Tenía que estar en algún lugar, no podía haber volado.

Він мав десь бути; він не міг полетіти.

Pero entonces sus ojos hicieron un segundo recorrido por la habitación.

Але потім її погляд вдруге окинув кімнату.

Y esta vez vio su torso debajo del sofá.

І цього разу вона помітила його торс під диваном.

Estaba tan asustada que perdió todo el control de sí misma.

Вона так злякалася, що втратила будь-який самоконтроль.

Y su primera reacción fue cerrar la puerta de golpe.

І її першою реакцією було знову зачинити двері.

Pero también pareció arrepentirse inmediatamente de su comportamiento.

Але вона також, здавалося, одразу ж пошкодувала про свою поведінку.

Tan pronto como cerró la puerta de golpe, la abrió de nuevo.

Щойно вона грюкнула дверима, то знову їх відчинила.

Y esta vez entró de puntillas en la habitación con cuidado.

І цього разу вона обережно навшпиньки прокралася до кімнати.

Se movía como si estuviera visitando a una persona gravemente enferma.

Вона рухалася так, ніби відвідувала тяжкохвору людину.

O tal vez estaba visitando a un completo desconocido.

Або ж вона могла відвідати зовсім незнайому людину.

Gregor empujó su cabeza casi hasta el borde del sofá.

Грегор майже присунув голову до краю дивана.

Y desde debajo de la caja fuerte la observaba en la habitación.

І з-під сейфа він спостерігав за нею в кімнаті.

¿Se daría cuenta de que había dejado la leche?

Чи помітить вона, що він залишив молоко?

No había dejado la leche por falta de hambre.

Він не полишав молоко через відсутність голоду.

¿En lugar de eso le traería comida diferente?

Чи збиралася вона принести йому натомість іншу їжу?

Quizás un plato que se ajustara mejor a sus preferencias.

Можливо, страва, яка більше відповідала його вподобанням.

Pero ella misma habría tenido que notar su apetito.

Але їй довелося б самій помітити його апетит.

Preferiría morir de hambre antes que hacerle saber eso.

Він би волів померти з голоду, ніж дав їй про це знати.

En realidad le habría gustado mucho decírselo.

Насправді він би дуже хотів їй розповісти.

Estuvo realmente tentado de disparar desde debajo del sofá.

Йому дуже кортіло вистрілити з-під дивана.

Quería arrojarse a los pies de su hermana.

Йому хотілося кинутися до ніг сестри.

Y quiso pedirle algo bueno para comer.

І він хотів попросити в неї чогось смачного поїсти.

Pero entonces la hermana miró hacia el cuenco de leche.

Але потім сестра подивилася на миску з молоком.

Inmediatamente se dio cuenta de que el cuenco todavía estaba lleno.

Вона одразу помітила, що миска все ще повна.

Le sorprendió bastante que Gregor no hubiera comido nada.

Вона була досить здивована, що Грегор нічого не їв.

Sólo se había derramado un poco de leche en el suelo.

Лише трохи молока було розлито на підлогу.

Inmediatamente cogió el cuenco y lo sacó.

Вона одразу ж взяла миску та винесла її.

Él vio que ella no recogió el cuenco con sus propias manos.

Він бачив, що вона не підняла миску голими руками.

En lugar de eso, recogió el cuenco con uno de los trapos.

Натомість вона підняла миску однією з ганчірок.

Pero Gregor se olvidó muy rápidamente de este pequeño detalle.

Але Грегор дуже швидко забув про цю незначну деталь.

Ahora estaba mucho más entusiasmado por otra cosa.

Тепер його набагато більше хвилювало щось інше.

¿Qué podría traer como reemplazo de la leche?

Що вона може принести замість молока?

Tenía varios pensamientos sobre lo que ella podría traer.
У нього були різні думки щодо того, що вона може принести.
Pero la bondad de su hermana superó sus expectativas.
Але доброта його сестри перевершила його очікування.
Se dio cuenta de que tenía que probar cuáles eran sus nuevos gustos.
Вона зрозуміла, що має перевірити його нові смаки.
Así que trajo toda una selección de alimentos diferentes.
Тож вона принесла цілий асортимент різноманітної їжі.
Verduras medio podridas, huesos de la cena.
Напівгнилі овочі, кістки від вечері.
Salsa solidificada de la otra comida que habían comido.
Затверділий соус з попередньої страви, яку вони їли.
Unas pasas, unas almendras, pan seco, pan con mantequilla.
Кілька родзинок, трохи мигдалю, сухий хліб, хліб з маслом.
Un poco de pan untado con mantequilla y también con sal.
Трохи хліба, намащеного маслом і також посоленого.
Queso que Gregor había declarado incomestible hacía dos días.
Сир, який Грегор два дні тому оголосив неїстівним.
Toda esta selección de comida fue colocada en un periódico.
Уся ця добірка страв була розміщена на газеті.
Y también colocó un recipiente con agua al lado de sus comidas.
І вона також поставила миску з водою поруч із його їжею.
Ella sabía que Gregor no habría comido delante de ella.
Вона знала, що Грегор не їв би перед нею.
Entonces, por respeto hacia él, salió nuevamente de la habitación.
Тож з поваги до нього вона знову вийшла з кімнати.
Y hasta giró la llave en la cerradura al salir.
І вона навіть повернула ключ у замку, коли йшла.
Pero ella giró la llave muy silenciosamente y con mucho cuidado.
Але вона повернула ключ дуже тихо та обережно.

De esta manera sólo Gregor sabría que la puerta estaba cerrada.

Таким чином, тільки Грегор знав би, що двері замкнені.

Ahora podía ponerse tan cómodo como quisiera.

Тепер він міг влаштуватися як завгодно зручніше.

Las piernas de Gregor zumbaban cuando llegó la hora de comer.

Коли настав час їсти, у Грегора підкосилися ноги.

Lo que vale la pena destacar es que ya no sentía ninguna molestia.

Варто зазначити, що він більше не відчував жодного дискомфорту.

Sus heridas deben haber sanado ya por completo.

Його рани, мабуть, вже повністю загоїлися.

Porque ya no sentía sus discapacidades anteriores.

Бо він більше не відчував своїх колишніх вад.

Su nueva capacidad de curar lo sorprendió y lo asombró.

Його нова здатність зцілювати здивувала та вразила його.

Hace más de un mes se cortó el dedo con un cuchillo.

Більше місяця тому він порізав палець ножем.

Hasta hace dos días esa herida todavía le dolía.

Ще два дні тому ця рана все ще боліла в нього.

"¿Soy mucho menos sensible ahora?" pensó para sí mismo.

«Чи я тепер набагато менш чутливий?» — подумав він про себе.

Para entonces ya estaba chupando con avidez el queso.

Він уже жадібно смоктав сир.

Se sintió atraído por el queso más que por el resto de la comida.

Його більше тягнуло до сиру, ніж до іншої їжі.

Comió rápidamente un trozo de queso tras otro.

Він швидко з'їв один шматочок сиру за іншим.

Sus ojos se llenaron de lágrimas de satisfacción al probarlo.

Його очі сльозилися від задоволення від смаку.

Después del queso comió las verduras y la salsa.

Після сиру він з'їв овочі та соус.

Sin embargo, la comida fresca no le sabía bien.

Однак свіжа їжа здалася йому несмачною.

De hecho, ni siquiera podía soportar el olor de la comida fresca.

Насправді, він навіть не міг терпіти запаху свіжої їжі.

Incluso arrastró el resto de la comida lejos de la comida fresca.

Він навіть відтягнув іншу їжу подалі від свіжої.

Y muy rápidamente terminó la comida más comestible.

І дуже швидко він з'їв найїстівнішу їжу.

Toda aquella deliciosa comida tuvo sobre él un efecto soporífero.

Вся смачна їжа мала на нього снодійний ефект.

Y él permaneció acostado perezosamente en el lugar donde había comido.

І він ліниво лежав на тому місці, де їв.

Finalmente su hermana regresó para ver cómo estaba nuevamente.

Зрештою, його сестра повернулася, щоб знову перевірити його.

Tuvo la previsión de girar la llave muy lentamente.

У неї вистачило передбачливості повернути ключ дуже повільно.

Esto le dio a Gregor una advertencia de que debía retirarse.

Це попередило Грегора, що йому слід відступити.

Aturdido y sobresaltado, se apresuró a volver debajo del sofá.

Приголомшений і зляканий, він поспішив назад під диван.

Pero quedarse debajo del sofá no fue tan fácil esta vez.

Але цього разу залишитися під диваном було не так просто.

Su cuerpo se había vuelto un poco redondeado por tanta comida.

Його тіло трохи округлилося від усієї їжі.

Y tuvo que controlarse para no quedarse sin nada otra vez.

І йому довелося взяти себе в руки, щоб знову не вибігти.

Aunque la hermana no permaneció mucho tiempo en la habitación.

Хоча сестра недовго затрималася в кімнаті.

Le costaba respirar en ese estrecho espacio.

Йому було важко дихати у цьому вузькому просторі.

Pero él siguió adelante a pesar de los pequeños ataques de asfixia.

Але він продирався крізь невеликі напади задухи.

Con ojos desorbitados observaba las actividades de la hermana.

Витріщивши очі, він спостерігав за діями сестри.

La hermana desprevenida vertió todo en un balde.

Нічого не підозрююча сестра висипала все у відро.

Ella no sólo se deshizo de la comida que Gregor no había comido.

Вона не лише позбулася їжі, яку Грегор не з'їв.

Pero también se deshizo de la comida que él no había tocado.

Але вона також утилізувала їжу, до якої він не торкався.

Al parecer esa comida ya no era comestible para nadie.

Очевидно, ця їжа тепер була неїстівною для всіх.

Luego cerró el cubo de comida con una tapa de madera.

Потім вона закрила відро з їжею дерев'яною кришкою.

Y con la comida, el balde y el trapeador, se fue.

І з їжею, відром та шваброю вона пішла.

Gregor no habría podido esperar mucho más tiempo.

Грегор не зміг би довше чекати.

Tan pronto como ella se fue, él se escapó de debajo del sofá.

Щойно вона пішла, він утік з-під дивана.

Y se estiró y resopló aliviado.

І він потягнувся й зітхнув з полегшенням.

Así recibía Gregorio comida de vez en cuando.

Ось так Грегор час від часу отримував їжу.

Su hermana le dio de comer una vez temprano en la mañana.

Його сестра дала йому їсти одного разу рано-вранці.

A esta hora los padres y la criada todavía dormían.

О цій годині батьки та служниця ще спали.

Y recibió una segunda comida después de que todos almorzaron.

А другу страву він отримав після того, як усі пообідали.
Porque en ese momento los padres también durmieron un rato.
Бо в той час батьки також трохи поспали.
Y la doncella fue enviada por su hermana a hacer algún recado.
А служницю сестра відправила з якимось дорученням.
Ciertamente no tenían intención de dejar morir de hambre a Gregor.
Вони точно не мали наміру морити Грегора голодом.
Pero tampoco hubieran querido verlo comer.
Але вони б також не хотіли дивитися, як він їсть.
Lo que mencionó la hermana fue suficiente información.
Те, що згадала сестра, було достатньою інформацією.
Quizás era su manera de ahorrarles dolor a los padres.
Можливо, це був її спосіб позбавити батьків горя.
Ya habían sufrido bastante por sus acciones.
Вони вже достатньо постраждали від його дій.

El primer día se iba convirtiendo poco a poco en un recuerdo lejano.
Перший день поступово ставав далеким спогадом.
Gregor no tenía forma de saber lo que pasó ese día.
Грегор не мав жодного способу дізнатися, що сталося того дня.
¿Cómo fue guiado el cerrajero fuera del apartamento?
Як слюсаря вивели з квартири?
¿Con qué excusas quedó finalmente satisfecho el médico?
Якими виправданнями лікар зрештою задовольнився?
No había encontrado ningún modo de hacerse entender.
Він не знайшов жодного способу висловитися зрозуміло.
Ni siquiera logró comunicarse con su hermana.
Йому навіть не вдалося поспілкуватися зі своєю сестрою.
Y entonces pensaron que no podía entenderlos.
І тому вони думали, що він не може їх зрозуміти.
Y por eso no se hizo ningún esfuerzo para hablar con él.
І тому не було зроблено жодної спроби поговорити з ним.

Su hermana entraba en su habitación todas las mañanas y a la hora del almuerzo.

Його сестра приходила до його кімнати щоранку та на обід.

Pero él tuvo que contentarse con escuchar sus suspiros.

Але йому довелося задовольнитися тим, що він чув її зітхання.

Más tarde se acostumbró un poco más a la forma de Gregor.

Пізніше вона таки трохи більше звикла до фігури Грегора.

Y se sintió un poco más libre para hacer más comentarios.

І вона відчула трохи більше свободи, щоб робити більше зауважень.

(Aunque nunca se acostumbraría del todo a él.)

(Хоча вона ніколи б до нього повністю не звикнула.)

Y entonces Gregor se sintió nuevamente hablado un poco más.

А потім Грегор знову відчув, що до нього звертаються трохи більше.

Y captó lo que percibió como comentarios amistosos.

І він почув те, що сприйняв як дружні зауваження.

"Disfrutó su comida hoy" o "comió todo".

«Йому сьогодні сподобалася їжа» або «він з'їв усе».

Pero eso fue sólo cuando hubo comido toda su comida.

Але це було лише тоді, коли він з'їв усю свою їжу.

Pero últimamente esto se está volviendo cada vez menos frecuente.

Але останнім часом це траплялося дедалі рідше.

"Apenas tocaba la comida", decía ella con más frecuencia ahora.

«Він майже не торкався своєї їжі», – казала вона тепер частіше.

Y había un toque de tristeza en su voz cada vez.

І щоразу в її голосі чувся відтінок смутку.

Gregor no pudo escuchar ninguna otra noticia más directamente.

Грегор не міг почути жодних інших новин безпосередньо.

Pero escuchó muchas noticias de las habitaciones contiguas.

Але він підслухав багато новин із сусідніх кімнат.
Al oír voces corrió hacia la puerta correspondiente.
Почувши голоси, він побіг до відповідних дверей.
Y apretó todo su cuerpo contra la puerta para escuchar.
І він усім тілом притиснувся до дверей, щоб почути.
Todas las conversaciones le concernían de una manera u otra.
Усі розмови так чи інакше стосувалися його.
Incluso cuando el tema parecía ser sobre otra cosa.
Навіть коли тема, здавалося б, була про щось інше.
Esta observación fue especialmente cierta en los primeros tiempos.
Це спостереження було особливо актуальним на початку.
Durante cada comida repetían la misma discusión.
Під час кожного прийому їжі вони повторювали ту саму розмову.
Todavía no estaban seguros de cómo comportarse a su alrededor.
Вони все ще не знали, як поводитися поруч з ним.
Pero el mismo tema también se discutió entre comidas.
Але цю ж тему обговорювали й між прийомами їжі.
Porque siempre había dos miembros de la familia en casa.
Бо вдома завжди було двоє членів сім'ї.
Nadie quería quedarse solo en la casa.
Ніхто не хотів залишатися вдома сам.
Pero dejar el piso vacío tampoco era una opción.
Але залишати квартиру порожньою також було неможливо.
La criada era la única que no estaba atada al apartamento.
Покоївка була єдиною, хто не був прив'язаний до квартири.
Ella ya había pedido irse el primer día.
Вона вже попросилася дозволу піти ще першого дня.
Ella se puso de rodillas y pidió que la despidieran.
Вона стала на коліна і благала відпустити її.
La familia no sabía cuánto sabía realmente la criada.
Родина не знала, скільки насправді знала покоївка.

En ese momento ella no había visto más que nadie.

На тому етапі вона бачила не більше, ніж будь-хто інший.

Lo sucedido todavía era un misterio para la familia.

Те, що сталося, досі залишалося загадкою для родини.

Pero un cuarto de hora después se despidió.

Але через чверть години вона попрощалася.

Y agradeció a la familia con lágrimas en los ojos.

І вона подякувала родині зі сльозами на очах.

Pero en realidad les agradeció por haberla liberado.

Але насправді вона подякувала їм за те, що вони її звільнили.

Parecían haberle mostrado la mayor bondad.

Здавалося, вони виявили до неї найбільшу доброту.

Incluso hizo un juramento sin que se lo pidieran.

Вона навіть склала присягу, хоча її про це й не просили.

Dijo que no le contaría a nadie lo que había sucedido.

Вона сказала, що нікому не розповість про те, що сталося.

Ahora la hermana tenía que cocinar junto con su madre.

Тепер сестрі довелося готувати разом з матір'ю.

Pero esto realmente no era un gran inconveniente.

Але це насправді не було надто великою незручністю.

Porque de todas formas los dos no comían casi nada.

Бо вони вдвох і так майже нічого не їли.

Gregor escuchó una y otra vez la misma conversación.

Знову й знову Грегор підслуховував ту саму розмову.

Una persona le decía a otra que tenía que comer más.

Одна людина казав іншій, що їм потрібно більше їсти.

Pero esa persona no recibió ninguna respuesta de la persona.

Але ця людина не отримала жодної відповіді від тієї людини.

"Gracias, tengo suficiente", o algo similar.

«Дякую, мені вистачить» або щось подібне.

Quizás ya no bebían nada tampoco.

Можливо, вони теж більше нічого не пили.

La hermana a menudo le preguntaba a su padre si quería cerveza.

Сестра часто питала батька, чи хоче він пива.

**Y ella misma se ofreció calurosamente a ir a buscar la
cerveza.**
І вона щиро запропонувала сама принести пиво.
El padre siempre permanecía en silencio ante su petición.
Батько завжди мовчав на її прохання.
**Así que la hermana tuvo que encontrar una manera de
eliminar cualquier duda.**
Тож сестрі довелося знайти спосіб розвіяти будь-які
сумніви.
Y ella dijo que enviaría a la criada a buscar algo de cerveza.
І вона сказала, що відправить покоївку принести пива.
**Pero entonces el padre finalmente dijo un gran y rotundo
"no".**
Але потім батько нарешті рішуче сказав: «Ні».
**Luego ya no se volvió a mencionar el tema de tomar una
cerveza.**
Тоді тема про те, що він п'є пиво, більше не згадувалася.
Ya había explicado anteriormente la situación financiera.
Він уже раніше пояснював фінансову ситуацію.
De hecho, mencionó las finanzas el primer día.
Власне, він згадав про фінанси ще першого дня.
Les hizo saber perfectamente cuáles eran las perspectivas.
Він добре пояснив їм перспективи.
**Su propio negocio se había derrumbado hacía unos cinco
años.**
Його власний бізнес забанкрутував приблизно п'ять років
тому.
De vez en cuando se levantaba para abandonar la mesa.
Час від часу він вставав, щоб вийти з-за столу.
Y se dirigió a la caja registradora de su antiguo negocio.
І він підійшов до каси свого старого бізнесу.
Había salvado la caja registradora por sentimentalismo.
Він зберіг касовий апарат із сентиментальності.
Gregor lo oyó abrir una cerradura pesada y complicada.
Грегор почув, як він відмикає важкий і складний замок.
Y sacó recibos y libros de la caja.
І він вийняв з каси квитанції та книги.

Después de tomar los objetos volvió a cerrar la caja fuerte.

Забравши речі, він знову замкнув касову скриньку.

Gregor no había tenido buenas noticias desde su encarcelamiento.

Грегор не чув жодних добрих новин з часу свого ув'язнення.

Pensó que el negocio había llevado a la quiebra a su padre.

Він вважав, що цей бізнес довів його батька до банкрутства.

El padre seguramente le había dado esa impresión a Gregor.

Батько справді справив на Грегора таке враження.

Y Gregor nunca le preguntó más sobre las finanzas.

І Грегор більше ніколи не питав його про фінанси.

Gregor quería hacer todo lo posible para ayudar a la familia.

Грегор хотів зробити все можливе, щоб допомогти родині.

Quería ayudarlos a olvidar la desgracia empresarial.

Він хотів допомогти їм забути про невдачі в бізнесі.

La quiebra que provocó la desesperanza más completa.

Банкрутство, яке призвело до повної безнадійності.

Así que empezó a trabajar con una pasión muy especial.

тож він почав працювати з особливою пристрастю.

Se había convertido en un vendedor ambulante casi de la noche a la mañana.

Він майже за одну ніч став комівояжером.

Antes de eso, sólo había trabajado como empleado con un salario bajo.

До цього він просто працював низькооплачуваним клерком.

Ahora tenía oportunidades de ingresos completamente diferentes.

Тепер у нього були зовсім інші можливості заробітку.

Las ventas exitosas podrían convertirse inmediatamente en efectivo.

Успішні продажі можна було негайно конвертувати в готівку.

El dinero en efectivo, por supuesto, se paga con sus comisiones.

Гроші, звичайно, виплачуються з його комісійних.

Ahora Gregor podía poner dinero en la mesa familiar.
Тепер Грегор зміг заробляти гроші на сімейному столі.
Y estaban asombrados y contentos con sus ganancias.
І вони були вражені та щасливі від його заробітку.
Pero esos tiempos hermosos no se repetirán nuevamente.
Але ті прекрасні часи більше не повторяться.
Apenas se habían acostumbrado a esos buenos tiempos.
Вони тільки-но звикли до цих гарних часів.
Cada día de pago la familia aceptaba el dinero con gratitud.
Щодня в день зарплати родина з вдячністю приймала
гроші.
Y Gregor estaba igualmente feliz de entregar el dinero.
І Грегор був так само радий передавати гроші.
**Pero el cálido afecto que recibía a cambio fue muriendo
lentamente.**
Але тепла прихильність, дарована у відповідь, поступово
згасла.
**Sólo su hermana permaneció tan cerca de Gregor como
antes.**
Тільки його сестра залишалася такою ж близькою до
Грегора, як і раніше.
**Ella, a diferencia de Gregor, tenía un profundo aprecio por la
música.**
Вона, на відміну від Грегора, глибоко цінувала музику.
Y ella sabía tocar el violín de una manera muy conmovedora.
І вона вміла дуже зворушливо грати на скрипці.
Gregor planeó en secreto enviarla a la escuela de música.
Грегор таємно планував віддати її до музичної школи.
Aún no había decidido cómo pagaría los gastos.
Він ще не вирішив, як оплачуватиме витрати.
Pero de una forma u otra cubriría los costos.
Але якимось чином він покриє витрати.
**De vez en cuando Gregor y su familia hacían pequeños
viajes.**
Час від часу Грегор з родиною вирушали на короткі
поїздки.
Gregor y su hermana abordaron este tema con frecuencia.

Грегор і сестра часто порушували цю тему.

Pero sólo se mencionó como una idea maravillosa.

Але про це згадувалося лише як про чудову ідею.

Realmente no creían que el sueño pudiera realizarse.

Вони насправді не вірили, що мрія може здійснитися.

Y a los padres no les gustaban esas ambiciones fantasiosas.

А батькам не подобалися такі химерні амбіції.

Incluso cuando el tema se planteó de manera muy inocente.

Навіть коли тему порушували дуже невинно.

Pero Gregor seguía pensando en la escuela de música.

Але Грегор продовжував думати про музичну школу.

Y tenía pensado anunciar el regalo en Nochebuena.

І він планував оголосити про подарунок напередодні Різдва.

Por supuesto, en su estado actual sería imposible.

Звичайно, в його нинішньому стані це було б неможливо.

Pero ese tipo de pensamientos pasaban por su cabeza.

Але такі думки промайнули в його голові.

Y tenía estos pensamientos mientras escuchaba a la familia.

І такі думки у нього виникали, коли він слухав родину.

A veces se cansaba demasiado para seguir escuchándolos.

Часом він надто втомлювався, щоб продовжувати їх слухати.

Su cabeza cayó contra la puerta por el cansancio.

Від втоми його голова впала на двері.

Pero inmediatamente volvió a apoyar la cabeza contra la puerta.

Але він одразу ж знову притулився головою до дверей.

Porque incluso el ruido más leve se podía oír afuera.

Бо навіть найменший шум було чути ззовні.

Y cualquier ruido que hacía hacía que la familia se quedara en silencio.

І будь-який шум, який він видавав, змушував родину замовкати.

"¿Qué está haciendo ahora?" preguntó el padre a la familia.

«Що він зараз робить?» — запитав батько родину.

Y fue a la puerta para comprobar qué era aquel ruido.

І він підійшов до дверей, щоб перевірити, що це за шум.

Y luego la conversación interrumpida se reanudó gradualmente.

А потім перервана розмова поступово відновилася.

Pero lo que dijo el padre sorprendió positivamente a todos.

Але те, що сказав батько, позитивно здивувало всіх.

Gregor ahora conoció la verdadera situación de las finanzas.

Тепер Грегор дізнався справжній стан фінансів.

A pesar de todas las desgracias, hubo algo de buena suerte.

Незважаючи на всі негаразди, було й щастить.

Aún quedaba allí una muy pequeña fortuna de los viejos tiempos.

Дуже невеликий статок з минулих часів все ще був там.

El padre explicó las cosas, pero tuvo que repetirlas.

Батько пояснив дещо, але мусив повторити.

Porque hacía tiempo que no se ocupaba de estas cosas.

Бо він давно цими речами не займався.

Y porque la madre no entendía tales cosas.

А тому що мати не розуміла таких речей.

Los tipos de interés del banco habían subido un poco.

Процентні ставки в банку трохи зросли.

El dinero intacto había aumentado más de lo esperado.

Незаймані гроші зросли більше, ніж очікувалося.

Además Gregor siempre les había dado sus ahorros.

Крім того, Грегор завжди віддавав їм свої заощадження.

Sólo había conservado unos pocos florines para sí.

Він завжди залишав собі лише кілька гульденів.

Y su dinero aún no se había agotado por completo.

І його гроші також не були повністю витрачені.

En conjunto, este dinero se había acumulado hasta formar un pequeño capital.

Разом ці гроші накопичилися до невеликого капіталу.

Gregor, detrás de su puerta, asintió con entusiasmo ante la noticia.

Грегор, стоячи за дверима, охоче кивнув головою у відповідь на новину.

Le agradó esta inesperada cautela y frugalidad.

Його порадувала ця несподівана обережність та ощадливість.

Los fondos sobrantes podrían haberse utilizado para pagar la deuda.

Надлишок коштів можна було б використати для погашення боргу.

Entonces ya no le deberían nada al patrón.

Тоді вони б більше нічого не були винні начальнику.

Y Gregor podría haber cambiado de trabajo mucho antes.

І Грегор міг би перейти на нову роботу набагато раніше.

Pero ahora la manera como el padre lo dispuso estaba mucho mejor.

Але те, як батько це влаштував, тепер було набагато краще.

El dinero no era suficiente para vivir de los intereses.

Цих грошей не вистачало навіть на те, щоб прожити на відсотки.

Y había que reservar algo de dinero para emergencias.

І трохи грошей довелося відкладати на непередбачені випадки.

Sólo habría sido suficiente dinero para uno o dos años.

Цих грошей вистачило б лише на рік чи два.

Esto significaba que alguien tenía que ganar dinero para que pudieran vivir.

Це означало, що хтось мав заробляти гроші, щоб прожити.

El padre no estaba enfermo y era bastante fuerte.

Батько не був хворим, і він був достатньо сильним.

Pero llevaba más de cinco años sin trabajo.

Але він був без роботи понад п'ять років.

Y, debido a su edad, le quedaba poca confianza en sí mismo.

І через вік у нього залишилося мало впевненості в собі.

También había engordado mucho en los últimos tiempos.

Також він значно набрав вагу останнім часом.

Su vida siempre había sido ardua y sin éxito.

Його життя завжди було важким і невдалим.

Y éstas habían sido las primeras vacaciones que había tenido.

І це була перша відпустка в його житті.

Y sin estar ocupado se había vuelto bastante torpe.

А без зайнятості він став досить незграбним.

¿Sería mejor si la anciana madre ganara el dinero?

Хіба було б краще, якби старенька мати заробляла гроші?

La anciana madre que sufría de asma.

Старенька мати, яка страждала на астму.

La anciana madre que luchaba por subir las escaleras.

Стара мати, яка насилу піднімалася сходами.

La anciana madre que pasaba el tiempo tumbada en el sofá.

Старенька мати, яка проводила час, лежачи на дивані.

La anciana madre que prefería quedarse junto a la ventana.

Стара мати, яка воліла сидіти біля вікна.

Para poder recuperar el aliento cuando lo necesitara.

Щоб вона могла перевести подих, коли їй це потрібно.

¿Sería mejor si la hermana joven ganara el dinero?

Чи було б краще, якби молодша сестра заробляла гроші?

La hermana, que a sus diecisiete años era todavía apenas una niña.

Сестра, якій у сімнадцять років було ще зовсім дитиною.

La hermana que sólo tuvo unos pocos placeres modestos.

Сестра, яка мала лише кілька скромних радощів.

La hermana a quien le gustaba principalmente tocar el violín.

Сестра, яка здебільшого любила грати на скрипці.

Ella sabía que su anterior forma de vida era muy envidiable;

Вона знала, що її попередній спосіб життя був дуже гідним заздрості;

Vestirse bien, levantarse tarde, ayudar en la casa.

Гарно одягатися, пізно прокидатися, допомагати по дому.

La conversación a menudo giraba en torno a la necesidad de ganar dinero.

Розмова часто зводилася до необхідності заробляти гроші.

Gregor siempre era el primero en soltar la puerta.

Грегор завжди першим відпускав двері.

La conversación lo puso caliente de vergüenza y dolor.

Розмова розпалила його соромом і горем.

Entonces se dejó caer en el refrescante sofá de cuero.

Тож він кинувся на остигаючий шкіряний диван.

Y a menudo pasaba el resto de la noche en el sofá.

І часто він проводив решту ночі на дивані.

Nunca durmió realmente en el sofá, ni tampoco por la noche.

Він ніколи по-справжньому не спав на дивані, ані вночі.

A menudo, simplemente se quedaba rascando el cuero durante horas y horas.

Часто він просто годинами дряпав шкіру.

Otras veces empujaba el sillón hacia la ventana.

Іншим разом він підсовував крісло до вікна.

Esto solo requirió un gran esfuerzo de su parte.

Вже тільки це вимагало від нього чималих зусиль.

El sillón le ayudó a subirse al alféizar de la ventana.

Крісло допомогло йому вилізти на підвіконня.

Y desde allí pudo apoyarse en la ventana.

І звідти він зміг прихилитися до вікна.

Solía sentir una gran sensación de libertad al hacer esto.

Він відчував величезну свободу, роблячи це.

Quizás estaba buscando algún viejo sentimiento liberador.

Можливо, він шукав якогось старого почуття визволення.

Pero su visión no era tan nítida como solía ser.

Але його зір був не таким гострим, як раніше.

Las cosas a cierta distancia se veían borrosas e indistintas.

Речі на невеликій відстані були розмитими та нечіткими.

Ya no podía ver el hospital al otro lado de la calle.

Він більше не бачив лікарні через дорогу.

Antes había maldecido la vista, ahora quería verla.

Раніше він проклинав цей краєвид, а тепер хотів його побачити.

Sabía que vivía en la tranquila y urbana Charlottenstrasse.

Він знав, що живе на тихій міській Шарлоттенштрассе.

Pero podría haber pensado que estaba mirando el desierto.

Але він міг подумати, що дивиться в пустелю.

Un páramo donde el cielo gris y la tierra gris se fusionaban.

Пустота, де зливалися сіре небо та сіра земля.

La atenta hermana notó dos veces que la silla se había movido.

Уважна сестра двічі помічала, що стілець зрушив з місця.

Después de ordenar, empujó la silla hacia la ventana.

Прибравши, вона підсунула стілець до вікна.

Y a partir de ahora incluso dejó la ventana abierta.

І відтепер вона навіть залишала віконну рамку відчиненою.

Gregor realmente hubiera deseado poder hablar con su hermana.

Грегор щиро хотів би поговорити зі своєю сестрою.

Quería agradecerle por todo lo que hizo por él.

Він хотів подякувати їй за все, що вона для нього зробила.

Entonces habría tolerado más fácilmente sus servicios.

Тоді він би легше зносив їхні послуги.

Pero tal como estaban las cosas, él sufrió por su ayuda.

Але так склалося, що він страждав від її допомоги.

La hermana, por supuesto, intentó disimular la vergüenza.

Сестра, звісно, намагалася приховати збентеження.

Y ella hizo todo lo posible para fingir que no se sentía agobiada.

І вона всіма силами вдавала, що не відчуває себе обтяженою.

Por supuesto, esto es algo que tenía que practicar primero.

Звісно, це те, що вона мала спочатку потренуватися.

Y cuanto más tiempo pasaba, mejor lo hacía.

І чим більше часу минало, тим краще у неї це виходило.

Pero a Gregor también se le dio más tiempo para ver su pretensión.

Але Грегору також дали більше часу, щоб побачити її удавання.

Incluso su entrada a su habitación fue una prueba para él.

Навіть її вхід до його кімнати був для нього випробуванням.

Tan pronto como entró, corrió directamente a la ventana.

Щойно вона увійшла, то одразу ж підбігла до вікна.

Ni siquiera se tomó el tiempo de cerrar la puerta.

Вона навіть не встигла зачинити двері.

Normalmente ella evitaba que todos vieran la habitación de Gregor.

Зазвичай вона не показувала всім кімнату Грегора.

Y abrió la ventana de golpe con manos apresuradas.

І вона поспішними руками різко відчинила вікно.

Luego volvió a respirar como si se estuviera asfixiando.

Потім вона знову дихала, ніби задихнулася.

El aire que entraba era frío y ella respiraba profundamente.

Повітря, що надходило, було холодним, і вона глибоко вдихнула.

Pero aún así se quedó junto a la ventana por un rato.

Але все ж вона деякий час залишалася біля вікна.

Con esta rutina asustaba a Gregor dos veces al día.

Вона лякала Грегора двічі на день цим ритуалом.

Mientras ella estaba en la habitación él temblaba debajo del sofá.

Поки вона була в кімнаті, він тремтів під диваном.

Él sabía que a ella le habría gustado ahorrarle esa terrible experiencia.

Він знав, що вона б хотіла позбавити його цього випробування.

Pero ella no podía estar en la habitación con la ventana cerrada.

Але вона не могла бути в кімнаті із зачиненим вікном.

Hubo una ocasión en que ella llegó un poco antes.

Був один раз, коли вона прийшла трохи раніше.

Probablemente alrededor de un mes después de la transformación de Gregor.

Ймовірно, приблизно через місяць після перетворення Грегора.

Ella se había acostumbrado un poco a su nueva apariencia.

Вона вже дещо звикла до його нової зовнішності.

Así que ya no tenía por qué estar particularmente sorprendida.

Тож у неї більше не було причин для особливого шоку.

Ella lo encontró todavía mirando por la ventana, inmóvil.

Вона побачила, що він все ще нерухомо дивиться у вікно.
Estaba en el lugar más horrible en el que podría haber estado.
Він опинився в найжахливішому місці, в якому тільки міг опинитися.
No le habría sorprendido si ella no hubiera entrado.
Він би не здивувався, якби вона не зайшла.
Donde le impidió abrir la ventana.
Де він завадив їй відчинити вікно.
Ella salió rápidamente de la habitación y cerró la puerta.
Вона швидко знову вийшла з кімнати та зачинила двері.
Un extraño podría haber llegado a todo tipo de conclusiones.
Незнайомець міг би дійти найрізноманітніших висновків.
Quizás sólo estaba esperando la oportunidad de morderla.
Можливо, він просто чекав нагоди вкусити її.
Gregor, por supuesto, se escondió inmediatamente debajo del sofá.
Грегор, звісно, одразу ж сховався під диваном.
Pero tuvo que esperar hasta el mediodía para que su hermana regresara.
Але йому довелося чекати до полудня, поки повернеться сестра.
Y ella parecía mucho más inquieta que de costumbre.
І вона здавалася набагато неспокійнішою, ніж зазвичай.
Se dio cuenta de que verlo todavía era insoportable.
Він зрозумів, що вигляд його все ще нестерпний.
Verlo seguiría siendo insoportable para ella.
Його вигляд залишався для неї нестерпним.
Probablemente no podría soportar ver ninguna parte de él.
Вона, мабуть, не могла б бачити жодної його частини.
Siempre sobresalía una pequeña parte de debajo del sofá.
З-під дивана завжди стирчала невелика деталь.
Un día llevó una sábana sobre su espalda hasta el sofá.
Одного разу він приніс простирадло на спині до дивана.
Quería evitar que ella viera cualquier parte de él.
Він хотів позбавити її можливості побачити будь-яку його частину.

Él dispuso la sábana de tal manera que todo él quedara oculto.

Він розстелив простирадло так, щоб приховати його повністю.

Incluso si se agachara no podría verlo.

Навіть якби вона нахилилася, то не змогла б його побачити.

Todo el esfuerzo le llevó a Gregor más de tres horas.

Уся ця робота зайняла у Грегора більше трьох годин.

Quizás pensó que la sábana era innecesaria.

Можливо, вона подумала, що простирадло зайве.

Ella habría sabido que él no quería la sábana.

Вона б знала, що йому не потрібна була простирадла.

Lo hacía para su comodidad, no para la suya propia.

Він робив це для її комфорту, а не для себе.

Y podría haber quitado la sábana si hubiera querido.

І вона могла б зняти простирадло, якби хотіла.

Pero dejó la sábana donde Gregor la había puesto.

Але вона залишила простирадло там, де його поклав Грегор.

Y Gregor incluso creyó haber captado una mirada de agradecimiento.

І Грегору навіть здалося, що він помітив вдячний погляд.

Había levantado suavemente la sábana con la cabeza.

Він обережно підняв простирадло головою.

Quería ver si a su hermana le gustaba el arreglo.

Він хотів побачити, чи сподобається його сестрі така домовленість.

Las dos primeras semanas fueron las más difíciles para los padres.

Перші два тижні були найважчими для батьків.

No pudieron animarse a entrar y verlo.

Вони не могли змусити себе зайти і побачитися з ним.

Escuchó muchas de sus conversaciones en ese momento.

У цей час він підслухав багато їхніх розмов.

Reconocieron plenamente todo lo que hacía la hermana.

Вони повністю визнавали все, що робила сестра.
Aunque solían estar molestos con ella a menudo.
Хоча раніше вони часто на неї дратувалися.
Porque ella parecía ser una chica un tanto inútil.
Бо вона здавалася дещо нікчемною дівчиною.
Ahora eran ellos quienes esperaban al otro lado de la habitación.
Тепер саме вони чекали на іншому боці кімнати.
Y fue ella quien entró en la habitación a hacer todo.
І саме вона заходила до кімнати, щоб усе робити.
Tan pronto como salió quisieron saberlo todo.
Щойно вона вийшла, вони захотіли знати все.
Tenía que decirles exactamente cómo era la habitación.
Їй довелося розповісти їм, як саме виглядає кімната.
¿Qué comió Gregor? ¿Cómo se comportó esta vez?
«Що їв Грегор? Як він поводився цього разу?»
"¿Quizás se notó una ligera mejoría?"
"Можливо, було помітне невелике покращення?"
La madre, por cierto, fue en realidad más valiente.
Мати, до речі, насправді була сміливішою.
Y por supuesto, era su propio hijo el que estaba dentro de la habitación.
І, звісно ж, у кімнаті був її власний син.
En realidad quería visitar a Gregor relativamente pronto.
Вона насправді хотіла відвідати Грегора відносно скоро.
Pero al principio el padre y la hermana la frenaron.
Але батько та сестра спочатку стримували її.
Le dieron argumentos muy racionales para que no fuera.
Вони наводили дуже раціональні аргументи, щоб вона не йшла.
Gregor escuchó con mucha atención sus razonamientos.
Грегор дуже уважно слухав їхні міркування.
Y él aceptó el razonamiento tanto como su madre.
І він прийняв цю думку так само, як і його мати.
Pero más tarde hubo que retenerla por la fuerza.
Однак пізніше її довелося стримувати силою.
"¡Déjame entrar con Gregor, es mi desdichado hijo!"

«Впустіть мене до Грегора, він мій нещасний син!»
-¿No entiendes que tengo que ir a verlo?
«Хіба ти не розумієш, що я маю йти до нього?»
Gregor también se dejó convencer por los argumentos de su madre.
Грегора також переконали аргументи матері.
Quizás tenía razón: sería bueno que entrara.
Можливо, вона мала рацію; було б добре, якби вона зайшла.
Venir a verlo todos los días sería demasiado.
Приходити до нього щодня було б занадто.
Pero verlo una vez a la semana podría ser suficiente.
Але бачитися з ним раз на тиждень може бути достатньо.
Ella podría entender las cosas mucho mejor que la hermana.
Вона може розуміти речі набагато краще, ніж сестра.
A pesar de todo su coraje, ella todavía era sólo una niña.
Незважаючи на всю свою мужність, вона була ще зовсім дитиною.
Quizás la imprudencia infantil la impulsó a aceptar esa tarea.
Можливо, дитяча необережність змусила її взятися за це завдання.
Pero el deseo de Gregor de ver a su madre pronto se hizo realidad.
Але бажання Грегора побачити матір незабаром здійснилося.
Durante el día Gregor se mantenía alejado de la ventana.
Вдень Грегор тримався подалі від вікна.
Lo hizo por consideración a sus padres.
Він зробив це з поваги до своїх батьків.
No tenía mucho espacio para arrastrarse por el suelo.
Йому не було багато місця, щоб повзати по підлозі.
Le resultaba difícil permanecer quieto durante la noche.
Йому було важко лежати нерухомо вночі.
Comer ya no le producía el más mínimo placer.
Їжа більше не приносила йому найменшого задоволення.

Por supuesto que tenía que encontrar alguna manera de distraerse.

Звісно, йому довелося знайти спосіб відволіктися.

Para entretenerse se arrastraba por las paredes.

Щоб розважитися, він повзав по стінах.

Y también se arrastró por el techo, boca abajo.

І він також повз по стелі, догори дригом.

Estaba especialmente feliz cuando colgaba del techo.

Він був особливо щасливий, коли висів на стелі.

Fue completamente diferente a estar tendido en el suelo.

Це було зовсім не те, що лежати на підлозі.

Le resultó mucho más fácil respirar en esta posición.

У такому положенні йому стало набагато легше дихати.

Una ligera pero agradable vibración recorrió su cuerpo.

Легка, але приємна вібрація пройшла його тілом.

A veces incluso se relajaba demasiado en su felicidad.

Іноді він навіть надто розслаблявся у своєму щасті.

A veces se distraía y se soltaba del techo.

Він іноді відволікався і відпускав стелю.

Y para su propia sorpresa, aterrizó de nuevo en el suelo.

І на власний подив він знову приземлився на землю.

Pero tenía mucho mejor control de su cuerpo que antes.

Але він набагато краще контролював своє тіло, ніж раніше.

Para que ahora no se haga daño con caídas tan fuertes.

Тож він не травмувався від таких великих падінь.

La hermana notó inmediatamente el nuevo placer de Gregor.

Сестра одразу помітила нове задоволення Грегора.

Y había restos de adhesivo donde se había arrastrado.

А там, де він повзав, були сліди клею.

Aquí nuevamente la hermana pensó en el bienestar de Gregor.

Тут сестра знову подумала про самопочуття Грегора.

Quizás apreciaría más espacio para gatear.

Можливо, він би оцінив більше місця для повзання.

Y la idea se instaló firmemente en su cabeza.

І ця ідея міцно засіла в її голові.

Algunos de los muebles de gran tamaño impedían su libre movimiento.

Деякі великі меблі заважали його вільному пересуванню.

Ya no trabajaba así que no necesitaba el escritorio.

Він більше не працював, тому стіл йому не був потрібен.

Y la caja ocupaba más espacio del necesario. ***

І коробка займала більше місця, ніж потрібно. ***

La hermana no era capaz de mover estas cosas sola.

Сестра не змогла перемістити ці речі сама.

Por supuesto que no se atrevió a pedirle ayuda al padre.

Звісно, вона не наважилася просити батька про допомогу.

La criada seguramente tampoco la habría ayudado.

Покоївка б їй теж точно не допомогла.

La nueva criada era de hecho un año más joven que ella.

Нова покоївка насправді була на рік молодшою за неї.

Ella había asumido valientemente el papel de ex sirvienta.

Вона сміливо взяла на себе роль колишньої покоївки.

Pero había un privilegio que ella insistía en tener.

Але була одна перевага, на якій вона наполягала.

Ella quería mantener la cocina cerrada en todo momento.

Вона хотіла тримати кухню завжди замкненою.

Así que la hermana no tuvo más remedio que preguntarle a su madre.

Тож сестрі нічого не залишалося, як запитати свою матір.

Con gritos de emocionada alegría la madre acudió a ayudar.

З криками схвильованої радості мати прибігла на допомогу.

Pero ella se quedó en silencio en la puerta de la habitación de Gregor.

Але вона замовкла біля дверей до кімнати Грегора.

La hermana comprobó que todo en la habitación estuviera bien.

Сестра перевірила, чи все в кімнаті гаразд.

Gregor había tirado apresuradamente la sábana aún más fuerte.

Грегор поспішно ще щільніше загорнув простирадло.

Aunque la sábana todavía parecía colocada al azar.

Хоча простирадло все ще виглядало хаотично розкладеним.

Y sólo entonces dejó que su madre entrara en la habitación.

І лише тоді вона впустила матір до кімнати.

Gregor también se abstuvo de espiar desde debajo de la sábana.

Грегор також утримався від підглядання з-під простирадла.

Decidió no volver a ver a su madre esta vez.

Цього разу він вирішив утриматися від зустрічі з матір'ю.

Gregor estaba muy contento de que ella hubiera entrado.

Грегор був досить радий, що вона взагалі зайшла.

"Pasa, no puedes verlo", dijo la hermana.

«Заходь, ти його не бачиш», – сказала сестра.

Gregor supuso que ella llevaba a su madre de la mano.

Грегор припустив, що вона веде матір за руку.

Entonces escuchó a las dos mujeres débiles moviendo los muebles.

Потім він почув, як дві слабкі жінки пересувають меблі.

La hermana parecía reclamar la mayor parte del trabajo para ella misma.

Здавалося, що сестра взяла на себе більшу частину роботи.

Su madre temía que se esforzara demasiado.

Її мати боялася, що вона перенапружиться.

Pero la hermana no hizo caso a estas advertencias.

Але сестра не звернула уваги на ці попередження.

Pero incluso después de quince minutos el progreso era muy lento.

Але навіть після п'ятнадцяти хвилин прогрес був дуже повільним.

No habían conseguido mover los muebles muy lejos.

Їм не вдалося далеко пересунути меблі.

Poco a poco empezaron a sentir una sensación de derrota.

Вони поступово починали відчувати поразку.

La madre fue la primera en admitir la inutilidad.

Мати першою визнала марність цієї справи.

"Quizás sería mejor dejar la caja aquí."

«Можливо, краще залишити коробку тут».
"La caja es demasiado pesada para que podamos moverla mucho más lejos".
«Коробка занадто важка, щоб ми могли просунутися далі».
"Y no terminaremos antes de que llegue tu padre."
«І ми не закінчимо, поки не приїде твій батько».
Dejar la caja aquí le bloquearía aún más el camino.
«Якщо залишити коробку тут, це ще більше заблокує йому шлях.»
"¿Y podemos estar seguros de que le estamos haciendo un favor?"
«І чи можемо ми бути певні, що робимо йому послугу?»
Comenzaron a pensar que bien podría ser cierto lo opuesto.
Вони почали думати, що цілком може бути навпаки.
La visión de la pared vacía pesó mucho en su corazón.
Вигляд порожньої стіни важко стиснув їй серце.
¿Quién diría que Gregor no se sentiría así también?
Що можна сказати про те, що Грегор також не відчував би себе так само?
"Ya está acostumbrado a los muebles de su habitación."
«Він уже звик до меблів у своїй кімнаті».
"Podría sentirse aún más abandonado en una habitación vacía".
«У порожній кімнаті він може почуватися ще більш покинутим».
Para entonces su voz se había reducido casi a un susurro.
Тепер її голос майже знизився до шепоту.
En realidad no sabía el paradero exacto de Gregor.
Вона насправді не знала точного місцезнаходження Грегора.
Ella no quería ni siquiera que él escuchara el sonido de su voz.
Вона не хотіла, щоб він навіть почув звук її голосу.
Aunque ella estaba segura de que él no la entendía.
Хоча вона була впевнена, що він її не розуміє.

"¿No parecería como si lo hubiéramos abandonado por completo?"

«Хіба не здається, що ми повністю в ньому розчарувалися?»

"¿No sentirá que lo estamos dejando solo?"

«Хіба він не відчує, що ми залишаємо його самого?»

"Deberíamos dejar la habitación exactamente como estaba".

«Ми повинні залишити кімнату саме такою, якою вона була».

"Al final Gregor volverá con nosotros como antes."

«Зрештою, Грегор повернеться до нас таким, яким він був».

"Entonces encontrará que todo sigue en su lugar."

«Тоді він побачить, що все на своєму місці».

"Y olvidará mucho más fácilmente el período interino".

«І він набагато легше забуде перехідний період».

Cuando Gregor escuchó estas palabras se dio cuenta de algo.

Коли Грегор почув ці слова, він дещо зрозумів.

Su mente se había vuelto confusa durante los últimos dos meses.

За останні два місяці його розум заплутався.

La falta de interacción humana no había sido buena para él.

Відсутність людського спілкування не пішла йому на користь.

Realmente necesitaba la vida monótona en medio de su familia.

Йому справді потрібне було монотонне життя серед родини.

¿Por qué si no habría hecho una exigencia tan absurda?

Чому б інакше він висував таку безглузду вимогу?

¿Qué sentido tenía vaciar su habitación?

Який сенс було спорожняти його кімнату?

La cómoda habitación amueblada con muebles heredados.

Комфортна кімната обставлена успадкованими меблями.

¿Por qué querría convertir ese calor conocido en una cueva?

Чому він хотів перетворити це відоме тепло на печеру?

Una cueva donde poder arrastrarse en todas direcciones en paz.

Печера, де він міг би спокійно повзати в усіх напрямках.

Pero una cueva en la que olvidó rápidamente su pasado humano.

Але печера, в якій він швидко забув своє людське минуле.

Tuvo que preguntarse si ya estaba cerca de olvidar.

Йому варто було замислитися, чи не був він уже близький до того, щоб забути.

La voz de su madre lo había sacudido y lo había hecho recordar.

Голос матері примусив його згадати.

La voz que no había oído durante tanto tiempo.

Голос, якого він так давно не чув.

No había que quitar nada, todo tenía que quedar.

Нічого не можна було видаляти; все мало залишитися.

Los muebles influyeron positivamente en su condición.

Меблі позитивно вплинули на його стан.

Y no podría vivir sin este ancla en el pasado.

І він не міг би впоратися без цього опорного зв'язку з минулим.

Los muebles impedían que se arrastrara sin sentido.

Меблі заважали його безглуздому повзанню.

Pero eso no fue una pérdida, sino más bien una gran ventaja.

Але це не було втратою, а навпаки, великою перевагою.

Lamentablemente la hermana tenía una opinión muy diferente.

На жаль, сестра мала зовсім іншу думку.

Ella se había convertido en una especie de portavoz de Gregor.

Вона чимось на кшталт стала речницею Грегора.

Por supuesto que su opinión no era del todo injustificada.

Звичайно, її думка не була зовсім безпідставною.

Pero aquí la opinión de su madre tuvo que ser contradicha.

Але тут довелося спростувати думку її матері.

Ahora no era solo la caja la que había que retirar.

Тепер потрібно було зняти не лише коробку.

Ni su escritorio ni el armario podían permanecer allí.

Його письмовий стіл і шафа також не могли залишитися.

Lo único imprescindible era el sofá.

Єдине, що було незамінним, це диван.

Ella no decidió esto sólo por desafío infantil.

Вона вирішила це не лише з дитячої непокори.

Tampoco fue su recientemente adquirida confianza en sí misma.

Це була не її нещодавно набута впевненість у собі.

La nueva confianza que tuvo que trabajar muy duro para ganar.

Нова впевненість, заради якої їй довелося так наполегливо працювати.

Aunque nadie esperaba que ella pudiera hacerlo.

Хоча ніхто й не очікував, що вона зможе це зробити.

Gregor realmente necesitaba mucho espacio para gatear.

Грегору справді потрібно було багато місця, щоб повзати.

Los muebles sólo limitaban el espacio del que disponía.

Меблі лише обмежували доступну йому кімнату.

Ella podía ver estas cosas mejor que la madre.

Вона могла бачити ці речі краще, ніж мати.

Pero quizá su espíritu romántico también jugó un papel.

Але, можливо, її романтичний дух також зіграв свою роль.

Las niñas de esa edad suelen desarrollar cierto entusiasmo.

Дівчата цього віку часто проявляють певний ентузіазм.

Y sienten la necesidad de salirse con la suya siempre que pueden.

І вони відчувають потребу домогтися свого, коли це можливо.

Quizás por eso quería sabotearlo en secreto.

Можливо, саме тому вона хотіла таємно саботувати його.

Es aún más aterrador cuando se arrastra por las paredes.

Він ще страшніший, коли повзає по стінах.

Los padres ya no se atrevían a entrar en la habitación.

Батьки більше не наважувалися заходити до кімнати.

Ella realmente sería la única cuidadora de su hermano.

Вона справді була б єдиною опікуною свого брата.

Ella no dejó que su madre la persuadiera de lo contrario.

Вона не дозволила матері переконати себе в іншому.

La madre de Gregor ya se sentía incómoda en la habitación.

Грегорова мати вже почувалася неспокійно в кімнаті.

Pronto dejó de hablar y ayudó nuevamente a su hija.

Невдовзі вона перестала говорити і знову допомогла доньці.

Con las fuerzas que les quedaban retiraron el armario.

Зібравши решту сил, вони зняли шафу.

La cómoda era algo de lo que podía prescindir.

Комод був чимось таким, без чого він міг обійтися.

Pero el escritorio tendría que quedarse allí por el momento.

Але стіл мав залишитися на даний момент.

Mientras las mujeres estaban ausentes, trató de evaluar la habitación.

Поки жінок не було, він спробував оцінити кімнату.

Y Gregor asomó la cabeza por debajo del sofá.

І Грегор визирнув голову з-під дивана.

Tenía que ver qué podía hacer con la situación.

Він мав побачити, що він може зробити з цією ситуацією.

Pero fue lo más cuidadoso y considerado posible.

Але він був максимально обережним і уважним.

Desgraciadamente fue la madre quien regresó primero.

На жаль, першою повернулася мати.

Grete todavía estaba moviendo el armario en la habitación de al lado.

Грета все ще переставляла шафу в сусідній кімнаті.

Pero la madre no estaba acostumbrada a ver a Gregor.

Але мати не звикла до вигляду Грегора.

Incluso un simple vistazo a él podría haberla enfermado.

Навіть один лише погляд на нього міг би зробити їй погано.

Gregor se apresuró a retroceder hasta el otro extremo del sofá.

Грегор поспішив задом наперед до дальнього кінця дивана.

Pero no podía retroceder y equilibrar la sábana.

Але він не міг відступити назад і втримати рівновагу на
простирадлі.
**El movimiento fue suficiente para llamar la atención de la
madre.**
Руху було достатньо, щоб привернути увагу матері.
**Ella hizo una pausa y se quedó muy quieta por un breve
momento.**
Вона зробила паузу і на мить завмерла нерухомо.
Luego se dio la vuelta y salió de la habitación.
Потім вона розвернулася й вийшла з кімнати.
**Gregor seguía diciéndose a sí mismo que no había ocurrido
nada inusual.**
Грегор постійно повторював собі, що нічого незвичайного
не сталося.
"Son sólo algunos muebles que se han llevado".
«Це просто деякі меблі, які забрали».
**Pero pronto tuvo que admitir que los acontecimientos le
afectaron.**
Але невдовзі йому довелося визнати, що ці події вплинули
на нього.
**Las mujeres habían estado diciendo todo lo que estaban
haciendo.**
Жінки розповідали все, що робили.
**Habían estado caminando de un lado a otro por la
habitación.**
Вони ходили туди-сюди по кімнаті.
El rayado de todos los muebles en el suelo.
Дряпання всіх меблів по підлозі.
Se sentía como si lo atacaran desde todos lados.
Він відчував, ніби на нього нападають з усіх боків.
Apretó la cabeza y las piernas lo más fuerte que pudo.
Він так міцно притягнув голову та ноги до себе, як тільки
міг.
Con todas sus fuerzas presionó su cuerpo contra el suelo.
З усієї сили він притиснув своє тіло до землі.
**Sabía que no podría soportar todo esto por mucho más
tiempo.**

Він знав, що більше не зможе все це терпіти.

Vaciaron su habitación y se llevaron todo lo que amaba.

Вони вичистили його кімнату і забрали все, що він любив.

Ya se habían llevado la caja que contenía todas sus herramientas.

Вони вже забрали скриньку з усіма його інструментами.

Ahora estaban aflojando su pesado escritorio del suelo.

Тепер вони підіймали його важкий стіл до підлоги.

El escritorio en el que había trabajado después de regresar del trabajo.

Стіл, за яким він працював після повернення з роботи.

El escritorio en el que había escrito sus tareas comerciales.

Стіл, на якому він писав свої ділові завдання.

El escritorio en el que había hecho sus deberes en la escuela secundaria.

Парта, на якій він робив домашнє завдання у середній школі.

Sí, ya había tenido este pupitre en la escuela primaria.

Так, у нього вже була ця парта у початковій школі.

Realmente no tuvo tiempo de confirmar sus buenas intenciones.

У нього справді не було часу підтвердити їхні добрі наміри.

Aunque ya casi había olvidado que estaban allí.

Хоча він і так майже забув, що вони там були.

Porque trabajaban en silencio, por el cansancio.

Бо вони працювали мовчки, через виснаження.

Estaban demasiado cansados para anunciar sus movimientos ahora.

Вони були надто втомлені, щоб зараз оголошувати про свої пересування.

Lo único que oyó fueron sus pesados pasos en el suelo.

Він чув лише їхні важкі кроки по підлозі.

Justo en ese momento estaban apoyados sobre la caja.

Якраз у цей момент вони притулилися до коробки.

Y entonces Gregor salió de debajo del sofá.

І саме тоді з-під дивана вийшов Грегор.

Cambió la dirección en la que corría cuatro veces.
Він чотири рази змінював напрямок свого бігу.
No podía decidir qué elemento debía salvarse primero.
Він не міг вирішити, який предмет потрібно врятувати першим.
De repente su atención se dirigió a la pared vacía.
Раптом його увагу привернула порожня стіна.
Lo único que le quedó fue la fotografía de la dama con pieles.
Все, що вони йому залишили, це фотографія жінки в хутрі.
Se arrastró hasta la imagen para presionar su cuerpo contra el de ella.
Він підповз до картини, щоб притиснутися до неї своїм тілом.
Y su cuerpo cubrió completamente la vista de la imagen.
А його тіло повністю закривало вид на картину.
El vaso lo sostuvo y reconfortó su vientre caliente.
Скло підтримало його і заспокоїло його гарячий живіт.
Esta fotografía ya no se la pudieron quitar.
Цю фотографію вже не можна було в нього забрати.
Luego giró la cabeza hacia la puerta de la sala de estar.
Потім він повернув голову до дверей вітальні.
Iba a observar mientras las mujeres regresaban a la habitación.
Він збирався спостерігати, як жінки повертаються до кімнати.
Y no descansaron mucho antes de regresar nuevamente.
І вони недовго відпочивали, перш ніж знову повернулися.
El brazo de Grete rodeaba a su madre para ayudarla a caminar.
Грета обійняла матір, допомагаючи їй йти.
"¿Qué nos llevamos ahora?" dijo Grete y miró a su alrededor.
«Що ж нам тепер взяти?» — спитала Грета й озирнулася навколо.
Justo en ese momento su mirada se encontró con los ojos de Gregor.

Саме в цю мить її погляд зустрівся з очима Грегора.

A pesar del shock, mantuvo la presencia de ánimo.

Незважаючи на шок, вона зберегла самовладання.

Probablemente sólo por la presencia de su madre.

Мабуть, лише через присутність її матері.

Ella inclinó su rostro hacia su madre, cubriéndole la vista.

Вона схилила обличчя до матері, закриваючи нею погляд.

Y entonces dijo, aunque temblorosa y desconsiderada:

І тоді вона сказала, хоч і тремтячи, і не замислюючись:

-Vamos, ¿no deberíamos volver a la sala de estar?

«Ходімо, хіба нам не варто повернутися до вітальні?»

Gregor podía comprender fácilmente las intenciones de la hermana.

Грегор легко міг зрозуміти наміри сестри.

Su primera prioridad fue poner a su madre a salvo.

Її першочерговим завданням було доставити матір у безпечне місце.

Pero luego ella iba a perseguirlo desde la pared.

Але тоді вона збиралася гнатися за ним зі стіни.

«¡Pues claro que puede intentarlo!», pensó Gregor para sus adentros.

«Ну, вона точно може спробувати!» — подумав Грегор про себе.

Se sentó firmemente sobre su imagen y no renunció a ella.

Він міцно сидів на своїй картині і не здавався.

Preferiría haberle saltado en la cara a la hermana.

Він би радше стрибнув сестрі в обличчя.

Pero las palabras de Grete preocuparon aún más a su madre.

Але слова Грети ще більше стурбували її матір.

Ella se hizo a un lado para ver lo que le ocultaban.

Вона відійшла вбік, щоб побачити, що від неї приховують.

Y vio la mancha marrón en el papel pintado floreado.

І вона побачила коричневу пляму на квітчастих шпалерах.

Y ella gritó antes de darse cuenta de que era Gregor.

І вона закричала, ще до того, як зрозуміла, що це Грегор.

"Oh Dios", gritó con los brazos extendidos.

«О Боже», — закричала вона, розкинувши руки.

Y ella se dejó caer en el sofá como si se hubiera rendido.
І вона впала на диван, ніби здавшись.
—¡Gregor! —gritó la hermana levantando el puño.
«Грегор!» — крикнула сестра, піднявши кулак.
Y ella le dirigió una mirada larga, dura y penetrante.
І вона подивилася на нього довгим, пильним і
проникливим поглядом.
Esta era la primera vez que hablaba con él directamente.
Це був перший раз, коли вона заговорила з ним
безпосередньо.
**Corrió a la habitación de al lado para conseguir algunas sales
aromáticas.**
Вона побігла до сусідньої кімнати, щоб взяти трохи
нюхальної солі.
Tenía que devolverle la conciencia a su madre.
Їй довелося привести матір до тями.
Gregor quería ayudar, podría salvar la imagen más tarde.
Грегор хотів допомогти, він міг би зберегти картину
пізніше.
Pero él se había quedado firmemente pegado al cristal.
Але він міцно застряг на склі.
Entonces tuvo que apartarse usando mucha fuerza.
Тож йому довелося відриватися, застосовуючи чимало
сили.
**Él también corrió a la habitación de al lado, donde estaba la
hermana.**
Він також побіг до сусідньої кімнати, де була сестра.
En el pasado podría haberle dado algún consejo.
У минулому він міг би дати їй якусь пораду.
**Pero ahora no podía hacer nada más que quedarse de brazos
cruzados y observar.**
Але тепер він нічого не міг зробити, як стояти осторонь і
спостерігати.
Revolvió el cajón y abrió varias botellas.
Вона порилась у шухляді, відкриваючи різні пляшки.
Y todavía la asustó cuando ella se dio la vuelta.
І він все ще лякав її, коли вона обернулася.

Una botella cayó al suelo, se rompió y se astilló.

Пляшка впала на підлогу, розбилася та розлетілася на друзки.

Una astilla de vidrio golpeó la cara de Gregor y lo hirió.

Осколок скла влучив Грегору в обличчя та поранив його.

La botella contenía algún tipo de líquido cáustico.

У пляшці була якась їдка рідина.

Y ahora el líquido corrosivo quemaba la cara de Gregor.

І тепер їдка рідина пекла обличчя Грегора.

Sin embargo, la hermana no tenía tiempo para Gregor en ese momento.

Однак у сестри зараз не було часу на Грегора.

Ella recogió tantas botellas como pudo.

Вона зібрала стільки пляшок, скільки змогла.

Y ella corrió de nuevo hacia su madre con la medicina.

І вона побігла назад до матері з ліками.

Ella cerró la puerta con el pie, dejando afuera a Gregor.

Вона грюкнула дверима ногою, не пропускаючи Грегора.

Ahora estaba separado de su madre, que estaba potencialmente moribunda.

Тепер він був відрізаний від своєї потенційно вмираючої матері.

Si abriera la puerta, echaría a la hermana.

Якби він відчинив двері, то прогнав би сестру.

Pero por supuesto tuvo que quedarse para cuidar a la madre.

Але, звісно, вона мусила залишитися, щоб доглядати за матір'ю.

Ya no podía hacer nada más que esperarlos.

Тепер йому нічого не залишалося, як чекати на них.

Acosado por el autorreproche y la ansiedad, comenzó a gatear.

Мучений самодокорами та тривогою, він почав повзати.

Se arrastró por todas partes: las paredes, los muebles, el techo.

Він повзав усюди: по стінах, меблях, стелі.

Sintió como si toda la habitación girara a su alrededor.

Йому здавалося, ніби вся кімната обертається навколо нього.

Finalmente, desesperado y mareado, volvió a caer.

Зрештою, у відчаї та запамороченні, він упав назад.

Y cayó justo encima de la gran mesa del comedor.

І він упав прямо на великий обідній стіл.

Pasó algún tiempo tendido allí, entumecido e incapaz de moverse.

Він пролежав деякий час, заціпенівши і не в змозі рухатися.

Estaba exhausto por todo lo que el día le había traído.

Він був виснажений усім, що приніс йому цей день.

Todo estaba tranquilo, pero tal vez eso era una buena señal.

Навколо було тихо, але, можливо, це був добрий знак.

Entonces, rompiendo el silencio, sonó el timbre de la puerta de afuera.

Раптом, порушуючи тишу, продзвенів дзвінок зовні.

La criada, por supuesto, se había encerrado en su cocina.

Покоївка, звісно ж, замкнулася на кухні.

Así que la hermana era la única que podía abrir la puerta.

Тож сестра була єдиною, хто міг відчинити двері.

"¿Qué pasó?" fue lo primero que preguntó el padre.

«Що трапилося?» — було перше, що спитав батько.

La aparición de Grete probablemente le había dicho todo.

Зовнішній вигляд Грети, мабуть, сказав йому все.

La voz de Grete se volvió apagada y apagada mientras hablaba.

Голос Грети став приглушеним і глухим, коли вона говорила.

Ella debió haber presionado su cara contra el pecho de su padre.

Мабуть, вона притиснула обличчя до грудей батька.

"La madre estaba inconsciente, pero ahora se siente mejor".

«Мати була непритомна, але зараз їй вже краще».

—Gregor ha escapado —añadió, tal como él esperaba.

«Грегор утік», – додала вона, чого він і очікував.

"Siempre te dije que algún día se escaparía."

«Я ж тобі завжди казав, що одного дня він утече».

—**Pero vosotras, las mujeres, no quisisteis escucharme, ¿verdad?**

«Але ви, жінки, не хотіли мене слухати, чи не так?»

Gregor se dio cuenta rápidamente de cómo veía las cosas su padre.

Грегор швидко зрозумів, як на це дивитиметься його батько.

Había malinterpretado el mensaje demasiado breve de Grete.

Він неправильно витлумачив надто коротке повідомлення Грети.

Supuso que Gregor había cometido algún acto de violencia.

Він припустив, що Грегор вчинив якийсь акт насильства.

Gregor tenía que encontrar una manera de apaciguar a su padre de alguna manera.

Грегор мусив знайти спосіб якось задобрити батька.

Porque no tuvo tiempo de explicarle las cosas.

Бо у нього не було часу, щоб йому все пояснити.

Pero de todos modos no habría podido explicar las cosas.

Але він би все одно не зміг нічого пояснити.

Entonces huyó hacia la puerta y se pegó a ella.

Тож він побіг до дверей і притиснувся до них.

De esa manera su padre podría verlo desde la antesala.

Таким чином батько міг бачити його з передпокою.

Y podría ver que tenía las mejores intenciones.

І він зможе побачити, що в нього найкращі наміри.

No había necesidad de empujarlo con una escoba.

Не було потреби відштовхувати його назад мітлою.

Lo único que el padre habría tenido que hacer era abrir la puerta.

Все, що батькові потрібно було зробити, це відчинити двері.

Pero él no estaba de humor para notar tales sutilezas.

Але він не мав настрою помічати такі тонкощі.

"¡Ahí estás!" exclamó nada más entrar.

«Ось ви де!» — вигукнув він, щойно увійшовши.

Era como si estuviera enojado y feliz al mismo tiempo.

Здавалося, ніби він був одночасно і злий, і щасливий.

Echó la cabeza hacia atrás y miró al padre.

Він відкинув голову назад і подивився на батька.

No se había imaginado que su padre estuviera allí así.

Він не уявляв собі свого батька таким, що стоїть там.

Pero en los últimos tiempos había encontrado una nueva distracción.

Але нещодавно він знайшов нове заняття, яке його відволікло.

Gatear ahora ocupaba gran parte de su día.

Тепер повзання займало значну частину його дня.

Antes, él estaba al tanto de todas las novedades que ocurrían en el apartamento.

Раніше він стежив за будь-якими новинами в квартирі.

Pero últimamente no había estado prestando tanta atención.

Але останнім часом він не звертав на це стільки уваги.

Debería haber estado preparado para afrontar los cambios.

Він мав бути готовий до змін.

Sin embargo, ¿era este hombre que tenía delante todavía el padre?

Тим не менш, чи був цей чоловік перед ним все ще батьком?

¿Era él el mismo hombre que solía yacer cansado en su cama?

Чи це був той самий чоловік, який колись стомлено лежав у ліжку?

Cuando Gregor ya se había ido de viaje de negocios.

Коли Ґреґор вже поїхав у відрядження.

¿Era él el mismo hombre que lo saludaba por las noches?

Чи це був той самий чоловік, який вітався з ним вечорами?

Cuando estaba en bata en su sillón.

Коли він був у халаті у своєму кріслі.

¿Era el mismo hombre que no pudo levantarse a darle la bienvenida?

Чи це був той самий чоловік, який не міг встати, щоб привітати його?

Entonces, permaneciendo sentado, levantó el brazo en señal de alegría.

Тож, залишаючись сидіти, він підняв руку на знак радості.

¿Era el mismo hombre con el que salía a caminar de vez en cuando?

Чи це був той самий чоловік, з яким він час від часу ходив на прогулянки?

En raras ocasiones: algunos domingos al año o días festivos.

У рідкісних випадках: кілька неділь на рік або свята.

¿Era el mismo hombre que caminaba envuelto en su abrigo?

Чи це був той самий чоловік, який йшов, закутавшись у своє пальто?

¿Avanzó lentamente, entre la madre y él?

Чи він повільно просувався вперед, між матір'ю та ним?

Y ellos ya caminaban lentamente por causa de él.

І вони вже йшли повільно через нього.

Pero ahora este hombre estaba de pie, fuerte y erguido.

Але тепер цей чоловік стояв міцно та прямо.

Estaba vestido con un uniforme azul con botones dorados.

Він був одягнений у синю форму із золотими ґудзиками.

Botones que llevan los empleados de las instituciones bancarias.

Ґудзики, які носять службовці банківських установ.

Por encima del rígido cuello emergía su fuerte papada.

Над жорстким коміром виднілося його сильне подвійне підборіддя.

Bajo sus pobladas cejas se asomaban sus ojos negros.

З-під густих брів дивилися його чорні очі.

Ahora sus ojos parecían penetrantes, frescos y alertas.

Тепер його очі виглядали пронизливими, свіжими та пильними.

El cabello blanco, anteriormente despeinado, fue peinado hacia abajo.

Раніше розпатлане біле волосся було зачесане вниз.

Y su cabello ahora tenía una meticulosa raya central.

А його волосся тепер мало ретельний проділ посередині.
Arrojó su sombrero, que estaba adornado con un monograma dorado.
Він скинув капелюха, на якому була прикріплена золота монограма.
Probablemente era el monograma del banco en el que trabajaba.
Це, мабуть, була монограма банку, в якому він працював.
Y el sombrero aterrizó en el sofá, para guardarlo más tarde.
А капелюх приземлився на диван, щоб його потім прибрати.
Empujó hacia atrás la parte inferior de la larga chaqueta del uniforme.
Він відкинув низ довгої форменної куртки.
Y metió los pulgares en los bolsillos de sus pantalones.
І він засунув великі пальці в кишені штанів.
Y luego, con cara sombría, caminó hacia Gregor.
А потім, із похмурим обличчям, він пішов до Грегора.
Probablemente ni siquiera sabía lo que planeaba hacer.
Він, мабуть, навіть не знав, що планує зробити.
Pero aún así levantó los pies inusualmente alto.
Але все ж він підняв ноги надзвичайно високо.
Gregor estaba asombrado por el enorme tamaño de sus botas.
Грегор був вражений величезним розміром своїх чобіт.
Pero realmente no había tiempo para maravillarse con sus zapatos.
Але часу милуватися його взуттям справді не було.
El padre había decidido aplicar una disciplina muy estricta.
Батько вирішив запровадити дуже сувору дисципліну.
Para Gregor sólo era apropiada la mayor severidad.
Лише найбільша суворість була доречною для Грегора.
Él lo sabía desde el primer día de su transformación.
Він знав це з першого дня свого перетворення.
Corrió hacia su padre y se detuvo cuando él se detuvo.
Він побіг до батька і зупинився, коли той зупинився.
Corrió hacia él nuevamente cuando se movió de nuevo.

Він знову поспішив до нього, коли той знову ворухнувся.

El padre se detuvo un momento y Gregor también.

Батько на мить замовк, і Грегор також.

Y corrió hacia adelante nuevamente tan pronto como su padre se movió.

І він знову кинувся вперед, щойно батько ворухнувся.

De esta manera dieron varias vueltas alrededor de la habitación.

Таким чином вони кілька разів обійшли кімнату.

Nadie había conseguido aún ninguna ventaja decisiva.

Ніхто ще не здобув вирішальної переваги.

No se podría haber tenido la impresión de una persecución.

Не могло скластися враження погоні.

Porque todo el acontecimiento se estaba produciendo demasiado lentamente.

Бо вся подія відбувалася надто повільно.

Gregor había decidido quedarse en tierra.

Грегор вирішив залишитися на землі.

Podría haber corrido por las paredes y a lo largo del techo.

Він міг би бігти по стінах і по стелі.

Pero no quería provocar al padre innecesariamente.

Але він не хотів без потреби провокувати батька.

Una huida así podría haber parecido especialmente perversa.

Така втеча могла б здатися особливо підступною.

Gregor admitió que esta persecución no podía durar mucho más.

Грегор визнав, що ця погоня не могла тривати довго.

Cada paso debía ir acompañado de una miríada de movimientos.

Кожен крок мав супроводжуватися безліччю рухів.

Ya empezaba a sentir falta de aire.

Він уже починав відчувати задишку.

Incluso antes nunca había tenido unos pulmones completamente confiables.

Навіть раніше в нього ніколи не було повністю надійних легень.

Avanzó tambaleándose, guardando sus fuerzas para la carrera.

Він хитався, зберігаючи сили для бігу.

Estaba tan cansado que apenas podía mantener los ojos abiertos.

Він був такий втомлений, що ледве міг тримати очі відкритими.

Sus pensamientos se volvieron demasiado lentos para pensar en otras escapatorias.

Його думки стали надто повільними, щоб думати про інші шляхи втечі.

Casi había olvidado que los muros estaban a su disposición.

Він майже забув, що стіни йому доступні.

Pero de todos modos las paredes estaban ocultas detrás de los muebles.

Але стіни все одно були приховані за меблями.

Y los muebles tenían demasiadas muescas y protuberancias.

А меблі мали забагато виїмок та виступів.

Y luego, justo a su lado, rodando, había una manzana.

А потім, прямо поруч із ним, котилося яблуко.

La manzana debió haberle sido arrojada, se dio cuenta.

Мабуть, яблуко кинули в нього, зрозумів він.

Pero no tuvo tiempo de pensar antes de que llegara otra manzana.

Але у нього не було часу думати, бо з'явилося ще одне яблуко.

Gregor se quedó paralizado por la nueva estrategia del padre.

Грегор заціпенів від шоку від нової стратегії батька.

Ya no podía ganar nada intentando huir.

Він більше не міг нічого отримати від спроб втекти.

El padre había decidido bombardearlo con fruta.

Батько вирішив засипати його фруктами.

Se había llenado los bolsillos con lo que había en el frutero de la cocina.

Він наповнив кишені фруктами з кухонної миски.

Sin apuntar especialmente, lanzó manzana tras manzana.

Не цілячись особливо, він кидав яблуко за яблуком.

Estas pequeñas manzanas rojas rodaban por el suelo.

Ці маленькі червоні яблука котилися по землі.

Como si estuvieran electrificadas, las manzanas chocaron entre sí.

Ніби наелектризовані, яблука стукалися одне об одне.

Una de las manzanas lanzadas débilmente rozó la espalda de Gregor.

Одне з слабо кинутих яблук зачепило Грегора за спину.

Afortunadamente para él, la manzana se deslizó sin sufrir daño.

На щастя для нього, те яблуко зісковзнуло без шкоди.

Sin embargo, la manzana lanzada después fue más precisa.

Однак яблуко, кинуте потім, було точніше.

Y esta manzana se alojó profundamente en la espalda de Gregor.

І це яблуко глибоко застрягло Грегору в спині.

Gregor quería alejarse del dolor.

Грегор хотів позбутися болю.

Quizás se pueda escapar de este nuevo e increíble dolor.

Можливо, цього нового, неймовірного болю можна було б уникнути.

Quizás un cambio de ubicación aliviaría su agonía.

Можливо, зміна місця проживання полегшила б його муки.

Pero se sentía como si lo hubieran clavado al suelo.

Але він відчував себе так, ніби його прибили до підлоги.

Se estiró, pero sólo debido a su confusión.

Він потягнувся, але лише через свою розгубленість.

Sólo con su última mirada vio que la puerta se abría.

Лише востаннє він побачив, як відчиняються двері.

La madre corrió hacia su hermana, que gritaba.

Мати вибігла назустріч кричущій сестрі.

La hermana la había desnudado, por lo que estaba en camisa.

Сестра роздягнула її, тож вона була в одній сорочці.

Había necesitado respirar en su inconsciencia.

Їй потрібен був перепочинок у стані несвідомості.

Todavía veía cómo la madre corría hacia el padre.

Він все ще бачив, як мати бігла до батька.

Sus faldas se deslizaron hasta el suelo, una tras otra.

Її спідниці одна за одною сповзали на землю.

La vio acercarse al padre y tropezar con su falda.

Він бачив, як вона підійшла до батька і спіткнулася об спідницю.

Abrazándolo, pidió que le perdonaran la vida a Gregor.

Обійнявши його, вона попросила зберегти життя Грегора.

En completa unión con su cuerpo, su vista falló.

У повному єднанні зі своїм тілом, його зір підвів.

Tercera parte
Частина третя

Gregor sufrió la grave lesión durante más de un mes.

Грегор страждав від важкої травми понад місяць.

La manzana quedó incrustada; nadie se atrevió a sacarla.

Яблуко залишалося вкопаним; ніхто не наважувався його вийняти.

La manzana permaneció en su carne como un recordatorio visible.

Яблуко залишилося в його тілі як видиме нагадування.

Pero la manzana también sirvió como recordatorio para el padre.

Але яблуко також слугувало нагадуванням для батька.

Se dio cuenta de que no debía tratar a Gregor como a un enemigo.

Він зрозумів, що до Грегора не слід ставитися як до ворога.

Actualmente su apariencia puede ser triste y repugnante.

Зараз його вигляд може бути сумним і огидним.

Pero aún así, seguía siendo un miembro de su familia.

Але попри це, він все ще був членом їхньої родини.

Había que aceptar la reticencia y tolerarla.

Неохочу довелося проковтнути та терпіти.

Debido a su herida, es posible que haya perdido su movilidad para siempre.

Через поранення він цілком може втратити мобільність назавжди.

Todavía gateaba por su habitación, pero mucho más lento.

Він все ще повзав по своїй кімнаті, але набагато повільніше.

Arrastrarse a cualquier altura estaba fuera de cuestión.

Про повзання на будь-якій висоті не могло бути й мови.

Pero Gregor recibió algún tipo de compensación.

Але Грегор таки отримав певну компенсацію.

Por la noche se le abrió la puerta del salón.

Увечері йому відчинили двері вітальні.

Y consideró que estas reparaciones eran completamente adecuadas.

І він вважав ці репарації цілком достатніми.

Antes del anochecer ya había empezado a vigilar la puerta.

Ще до вечора він почав стежити за дверима.

Él yacía en la oscuridad, invisible desde la sala de estar.

Він лежав у темряві, невидимий з вітальні.

Pudo ver a toda la familia en la mesa iluminada.

Він бачив усю родину за освітленим столом.

Ahora se le permitió escuchar sus conversaciones.

Тепер йому дозволили підслухати їхні розмови.

Esto fue bastante diferente a su arreglo anterior.

Це досить сильно відрізнялося від їхньої попередньої домовленості.

Las animadas conversaciones de tiempos pasados habían terminado.

Жваві розмови колишніх часів закінчилися.

Éstas eran las conversaciones que tanto anhelaba.

Це були ті розмови, яких він колись прагнув.

Cuando dormía solo en pequeñas habitaciones de hotel.

Коли він спав сам у маленьких готельних номерах.

Cuando tuvo que arrojarse entre las sábanas húmedas.

Коли йому довелося кинутися у вологу ковдру.

Pero ahora las tardes eran en su mayoría tranquilas y sin acontecimientos.

Але вечори тепер були здебільшого тихими та без пригод.

El padre se quedó dormido en su sillón después de cenar.

Батько заснув у своєму кріслі після вечері.

Y la madre y la hermana se animaban mutuamente a guardar silencio.

А мати й сестра закликали одна одну бути тихими.

La madre, inclinada hacia la luz, cosía lino.

Мати, схилившись далеко над світлом, шила лляну білизну.

Ahora ella hace vestidos para una de las tiendas de moda.

Вона зараз шила сукні для одного з модних магазинів.

Al igual que Gregor, la hermana había conseguido un trabajo como vendedora.

Як і Грегор, сестра влаштувалася на роботу продавчинею.

Ella estaba aprendiendo taquigrafía y francés por las tardes.

Вечорами вона вивчала стенографію та французьку мову.

Para que más adelante pudiera tal vez conseguir un mejor puesto de trabajo.

Щоб вона, можливо, пізніше змогла отримати кращу посаду.

A veces el padre se despertaba de sus siestas nocturnas.

Іноді батько прокидався від вечірнього сну.

"¡Cariño, ya llevas un buen rato cosiendo hoy!"

«Люба, ти вже так довго сьогодні шиєш!»

Parecía haber olvidado que había estado durmiendo.

Здавалося, він забув, що спав.

Pero inmediatamente volvió a caer en un sueño profundo.

Але він одразу ж знову провалився у сон.

Y la madre y la hermana se sonrieron cansadamente.

І мати й сестра стомлено посміхнулися одна одній.

El padre había desarrollado una extraña y nueva terquedad.

У батька розвинулася дивна нова впертість.

Incluso en casa se negó a quitarse el uniforme de sirviente.

Навіть удома він відмовлявся знімати свою уніформу слуги.

Y su bata colgaba inútilmente en la percha.

А його халат марно висів на вішалці.

Así pues, el padre dormía, completamente vestido, en su sillón.

Тож батько спав, повністю одягнений, у своєму кріслі.

Era como si siempre estuviera dispuesto a prestar su servicio.

Здавалося, що він завжди готовий був служити.

Como si estuviera esperando la voz de su superior.

Ніби він тільки й чекав голосу свого начальника.

Esto provocó que su uniforme perdiera su limpieza.

Через це його уніформа втратила свою чистоту.

Aunque el uniforme tampoco era nuevo cuando lo recibió.

Хоча форма теж не була новою, коли він її отримав.

Y la madre hizo todo lo posible para cuidar el uniforme.

І мати щосили доглядала за формою.

Gregor pasaba tardes enteras mirando este uniforme.

Грегор цілі вечори розглядав цю уніформу.

Observó cómo el anciano dormía de manera muy incómoda.

Він спостерігав, як старий неспокійно спав.

Pero mientras dormía también notó algo pacífico.

Але уві сні він також помітив щось мирне.

Cuando el reloj dio las diez la madre intentó despertarlo.

Коли годинник пробив десяту, мати спробувала його розбудити.

Ella habló en voz baja y lo convenció de ir a la cama.

Вона тихо говорила і вмовила його лягти спати.

Porque dormir en el sillón no era dormir de verdad.

Бо спати в кріслі не було справжнім сном.

Iba a tener que empezar a trabajar a las seis en punto.

Йому потрібно було починати роботу о шостій годині.

Así que realmente necesitaba dormir lo mejor posible.

Тож йому справді потрібно було якомога міцніше виспатися.

Pero una nueva forma de terquedad se apoderó de él.

Але його охопила нова форма впертості.

Convertirse en sirviente había comenzado a tener ese efecto en él.

Те, що він став слугою, почало мати на нього такий вплив.

Así que siempre insistía en quedarse más tiempo en la mesa.

Тож він завжди наполягав на тому, щоб довше залишатися за столом.

Aunque con regularidad volvía a quedarse dormido en su silla.

Хоча він регулярно знову засинав у своєму кріслі.

Y sólo con la mayor dificultad pudo ser movido.

І його можна було зрушити з місця лише з великими труднощами.

Tuvieron que decirle que la cama sería mejor para él.

Йому довелося сказати, що ліжко буде для нього кращим.

Madre y hermana tuvieron que insistir con pequeñas advertencias.

Матері та сестрі довелося наполягати, незначно застерігаючи.

Durante quince minutos se limitó a menear lentamente la cabeza.

Протягом п'ятнадцяти хвилин він лише повільно хитав головою.

Y mantuvo los ojos cerrados y se negó a levantarse.

І він тримав очі заплющеними, і відмовлявся вставати.

La madre tiró de su manga, suavemente, pero con firmeza.

Мати смикнула його за рукав, ніжно, але рішуче.

Y ella susurró palabras halagadoras en sus oídos cansados.

І вона шепотіла йому на втомлені вуха приємні слова.

La hermana abandonó la tarea que tenía entre manos para ayudar a su madre.

Сестра покинула свою роботу, щоб допомогти матері.

Pero ninguno de sus esfuerzos funcionó con el padre.

Але жодна з їхніх зусиль не подіяла на батька.

Se hundió aún más en su silla, preparado para dormir.

Він ще глибше занурився в крісло, готуючись спати.

Y finalmente las mujeres lo agarraron por las axilas.

І нарешті жінки схопили його під пахви.

Abrió los ojos y los miró alternativamente.

Він розплющив очі й по черзі дивився на них.

"¡Qué vida ésta!" se quejó al irse a dormir.

«Що за життя таке», — поскаржився він, лягаючи спати.

"¿Es esta la paz que me ha sido dada en mi vejez?"

«Чи це той спокій, який мені дали в старості?»

Pero entonces, apoyándose en las dos mujeres, se levantó torpemente.

Але потім, спираючись на двох жінок, він незграбно підвівся.

Actuó como si llevara la carga más pesada.

Він поводився так, ніби ніс найважчий тягар.

Dejó que las dos mujeres lo guiaran hasta el final de la habitación.

Він дозволив двом жінкам провести його до кінця кімнати.

Allí les deseó buenas noches y continuó su camino.

Там він побажав їм на добраніч і продовжив свій шлях.

Pero la madre rápidamente arrojó su kit de costura.

Але мати поспішно кинула свій швейний набір.

Y la hermana también dejó el bolígrafo y el bloc de notas.

І сестра також поклала ручку та блокнот.

Y corrieron detrás del padre para ayudarle aún más.

І вони побігли за батьком, щоб допомогти йому далі.

¿Quién en esta familia sobrecargada de trabajo tenía tiempo para Gregor?

Хто в цій перевантаженій роботою родині мав час для Грегора?

¿Quién podría haberle prestado más atención de la necesaria?

Хто міг приділити йому більше уваги, ніж було потрібно?

El presupuesto familiar se fue restringiendo cada vez más.

Домашній бюджет ставав дедалі обмеженішим.

Al final, para ahorrar dinero, tuvieron que despedir a la criada.

Зрештою, щоб заощадити гроші, їм довелося звільнити покоївку.

Fue reemplazada por una mujer de cabello blanco y huesos gruesos.

Її замінила товстокісна жінка з білим волоссям.

Pero esta mujer venía sólo por la mañana y por la tarde.

Але ця жінка приходила лише вранці та ввечері.

Y todo el trabajo más pesado y duro quedó guardado para ella.

І вся найважча та найскладніша робота була збережена для неї.

La madre se encargaba de todos los demás quehaceres.

Всі інші хатні справи виконувала мати.

Incluso ocurrió que se vendieron varias joyas familiares.

Траплялося навіть, що продавалися різні сімейні коштовності.

Joyas que las mujeres lucieron felizmente durante las celebraciones.

Ювелірні вироби, які жінки із задоволенням носили під час святкувань.

Gregor aprendió esto en una de las discusiones generales.

Грегор дізнався про це з однієї із загальних дискусій.

La mayor queja, sin embargo, fue otra.

Найбільша скарга, однак, полягала в іншому.

El apartamento era demasiado grande, pero no podían mudarse.

Квартира була занадто великою, але вони не могли звідти виїхати.

No había manera de que pudieran reubicar a Gregor.

Вони ніяк не могли переселити Грегора.

Pero Gregor se dio cuenta de que no era sólo una consideración.

Але Грегор зрозумів, що справа була не лише в роздумах.

Algo más les impidió mudarse a otro lugar.

Щось інше заважало їм переїхати кудись ще.

Podría haber sido fácilmente transportado en una caja adecuada.

Його можна було легко перевезти у відповідній скриньці.

Sus sentimientos de completa desesperanza los frenaron.

Почуття повної безнадії стримувало їх.

No querían admitir que la desgracia les había golpeado.

Вони не хотіли визнавати, що їх спіткало нещастя.

Lo que el mundo exige de los pobres, ellos lo cumplen.

Те, чого світ вимагає від бідних людей, вони виконали.

El padre le preparó el desayuno al pequeño empleado del banco.

Батько приніс сніданок для маленького банківського клерка.

La madre se sacrificó por la ropa de desconocidos.

Мати пожертвувала собою заради прання чужої білизни.

La hermana corría de un lado a otro para atender los pedidos de los clientes.

Сестра бігала туди-сюди за замовленнями клієнтів.

Pero ya no tenían fuerzas para hacer más.

Але у них просто не було сил зробити щось більше.

La herida en la espalda de Gregor comenzó a doler aún más.

Рана на спині Грегора почала боліти ще сильніше.

Cada noche, la madre y la hermana llevaban al padre a la cama.

Щовечора мати й сестра приносили батька спати.

Dejaron su trabajo donde estaba y se sentaron juntos.

Вони залишили свою роботу там, де вона була, і сіли разом.

Y se acercaron más y se sentaron mejilla contra mejilla.

І вони підійшли ближче одне до одного, сіли щока до щоки.

La madre señaló la habitación desde donde él observaba.

Мати вказала на кімнату, звідки він спостерігав.

"¿Podrías cerrar la puerta?" le preguntó a la hermana.

«Чи не зачиниш ти двері?» — попросила вона сестру.

Y entonces Gregor se quedó solo otra vez en la oscuridad.

І тоді Грегор знову залишився сам у темряві.

Y en la habitación de al lado la mujer mezcló sus lágrimas.

А в сусідній кімнаті жінка змішала їхні сльози.

O bien se quedaban sentados con los ojos secos, simplemente mirando la mesa.

Або ж вони сиділи з сухими очима, просто втупившись у стіл.

Gregor apenas durmió, ni de noche ni de día.

Грегор майже не спав ні вночі, ні вдень.

A menudo pensaba en cómo podría ayudar a la familia.

Він часто думав про те, як міг би допомогти родині.

Pensó en ganar dinero nuevamente para ellos.

Він думав про те, щоб знову заробити для них гроші.

Pensó en hacer lo que solía hacer por ellos.

Він подумав про те, щоб зробити для них те, що робив раніше.

En sus pensamientos regresó el representante autorizado.

У своїх думках уповноважений представник повернувся.

Y esta vez el jefe también vino al apartamento.

І цього разу до квартири також прийшов начальник.

Y los oficinistas y los aprendices también estaban allí.

І клерки, і учні теж там були.

Incluso el lento empleado de la oficina vino a verlo.

Навіть тупоголовий службовець прийшов до нього.

Había dos o tres amigos de otros negocios.

Було двоє чи троє друзів з інших підприємств.

Una de las camareras de un hotel de provincias.

Одна з покоївок з готелю в провінції.

Un recuerdo querido y fugaz al que intentó aferrarse.

Дорогий і швидкоплинний спогад, який він намагався зберегти.

Una cajera de una sombrerería para quien tenía intenciones.

Касир з капелюшного магазину, для якої він мав наміри.

Pero había sido un poco lento en ganar su aprobación.

Але він трохи запізнився, щоб завоювати її схвалення.

Todos ellos aparecieron en sus pensamientos, mezclados con desconocidos.

Всі вони з'являлися в його думках, перемішані з незнайомцями.

Y otros no aparecieron, ya estaban olvidados.

А інші не з'явилися; про них уже забули.

Pero no le ayudaron a él ni tampoco a la familia.

Але вони не допомогли ні йому, ні родині.

Eran inaccesibles y él se alegró cuando se fueron.

Вони були недоступні, і він зрадів, коли вони зникли.

No siempre estaba de humor para preocuparse por la familia.

Він не завжди був у настрої турбуватися про сім'ю.

Y se llenó de rabia por la falta de atención.

І його сповнювала лють від браку уваги.

Y no podía imaginar nada que le apeteciera.

І він не міг уявити собі нічого, чого б йому захотілося.

Pero aún así hizo planes para entrar en la despensa.

Але він все ще планував проникнути в комору.

Y él iba a tomar todo lo que se merecía.

І він збирався взяти все, на що заслуговував.

La hermana ya no hacía ningún esfuerzo especial por él.

Сестра більше не докладала для нього особливих зусиль.

Ella ya no pasaba el tiempo pensando en complacerlo.

Вона більше не витрачала час на роздуми про те, як догодити йому.

Antes de ir a trabajar, rápidamente metió algo de comida en la habitación.

Перед роботою вона швидко заштовхала трохи їжі в кімнату.

Y por la noche volvió a barrer rápidamente la comida.

А ввечері вона знову швидко змела їжу.

Ya no se daba cuenta de si había comido o no.

Чи поїв він, чи ні, вона вже не помічала.

En la actualidad, la mayoría de las veces la comida se dejaba intacta.

Найчастіше тепер їжу залишали недоторканою.

Ella todavía barría rápidamente la habitación por la noche.

Вона все ще швидко проносилася по кімнаті ввечері.

Pero ahora hizo lo mínimo, lo más rápido posible.

Але тепер вона зробила найнеобхідніше, якомога швидше.

Quedaron vetas de suciedad corriendo por las paredes.

По стінах залишалися смуги бруду.

Bolas de polvo y basura quedaron tiradas en el suelo.

На підлозі залишилися лежати кульки пилу та сміття.

Gregor mostró su desaprobación por su falta de cuidado.

Грегор висловив своє несхвалення її недбальством.

Se giró en un ángulo particularmente significativo.

Він повернувся під особливо значним кутом.

Pero podría haber permanecido en el puesto durante semanas.

Але він міг би залишатися на цій посаді тижнями.

Su hermana no habría notado su insatisfacción.

Його сестра не помітила б його невдоволення.

Ella veía la suciedad tan bien como él, o incluso mejor.

Вона бачила бруд так само добре, як і він, якщо не краще.

Pero ella había decidido dejar la tierra donde estaba.

Але вона вирішила залишити землю там, де вона була.

En ese momento adoptó una sensibilidad completamente nueva.

У той час вона набула зовсім нової чутливості.

Ella había hecho de la limpieza de la habitación de Gregor su responsabilidad.

Вона взяла на себе обов'язок прибирати кімнату Грегора.

La familia se sintió conmovida por su amable consideración.

Родина була зворушена її доброю турботою.

Una vez, la madre le había dado a su habitación una limpieza a fondo.

Одного разу мати ретельно прибрала його кімнату.

Sólo después de utilizar unos cuantos baldes de agua lo consiguió.

Лише після використання кількох відер води їй це вдалося.

Sin embargo, la nueva humedad en la habitación perjudicó a Gregor.

Однак нова вогкість у кімнаті шкодила Грегору.

Y él yacía ancho, amargado e inmóvil en el sofá.

І він лежав широкий, озлоблений і нерухомий на дивані.

Pero ese fue sólo su primer castigo por ayudar.

Але це було лише її перше покарання за допомогу.

La hermana notó rápidamente el cambio en la habitación de Gregor.

Сестра швидко помітила зміну в кімнаті Грегора.

Y ella corrió a la sala, extremadamente insultada.

І вона вбігла до вітальні, вкрай ображена.

Su madre levantó las manos y trató de implorarle.

Її мати підняла руки і спробувала благати її.

Pero a pesar de una explicación sincera, ella rompió a llorar.

Але попри щире пояснення, вона розплакалася.

El padre, por supuesto, se sobresaltó y se levantó de la silla.

Батько, звісно, злякано схопився зі стільця.

Y los dos padres miraban asombrados e impotentes.

А двоє батьків дивилися на це, здивовані та безпорадні.

Y con el tiempo sus emociones también se agitaron.

І зрештою їхні емоції також загострилися.

El padre reprochó a la madre lo que había hecho.

Батько дорікнув матері за скоєне.
"Deberías haber dejado la habitación para que Grete la limpiara."
«Тобі слід було залишити кімнату, щоб Грета прибрала».
Grete le gritó a la madre por limpiar su habitación.
Грета кричала на матір за те, що та прибрала в його кімнаті.
"¡Nunca más podrás limpiar su habitación!"
"Тобі більше ніколи не дозволять прибирати в його кімнаті!"
La madre intentó arrastrar al padre al dormitorio.
Мати спробувала затягнути батька до спальні.
La hermana se quedó en la habitación, temblando y sollozando.
Сестра залишилася в кімнаті, тремтячи та ридаючи.
Y golpeó la mesa con sus pequeños puños.
І вона стукала по столу своїми маленькими кулачками.
Y Gregor, enojado, siseó fuertemente contra todos ellos.
І Грегор голосно зашипів від гніву на всіх них.
¿Por qué a nadie se le ocurrió cerrarle la puerta?
Чому ніхто не подумав зачинити для нього двері?
Podrían haberle ahorrado esta vista y este ruido.
Вони могли б позбавити його цього видовища та шуму.
La hermana estaba agotada después de llegar a casa del trabajo.
Сестра була виснажена після повернення з роботи.
Y cuidar a Gregor era aún más trabajo para ella.
А турбота про Грегора була для неї ще більшим навантаженням.
Pero eso no significaba que la madre debía haberlo hecho.
Але це не означало, що мати мала це зробити.
A Gregor, por el contrario, no hay que descuidarlo.
Грегора, з іншого боку, не слід нехтувати.
Pero ahora tenían una nueva criada que podía hacer esas cosas.
Але тепер у них була нова служниця, яка вміла робити такі речі.

Una viuda anciana que tenía una estructura ósea robusta.
Літня вдова, яка мала міцну кісткову структуру.
Una estatura que la ayudó a sobrevivir a su difícil vida.
Статура, яка допомогла їй пережити її складне життя.
Ella no sentía ninguna aversión real hacia la apariencia de
Gregor.
Вона не відчувала справжньої відрази до зовнішності
Грегора.
Ella había abierto accidentalmente la puerta de la habitación
de Gregor.
Вона випадково відчинила двері до кімнати Грегора.
No fue por ninguna curiosidad particular sobre la
habitación.
Це не було з якоїсь особливої цікавості до кімнати.
Ella simplemente estaba haciendo su trabajo y por
casualidad abrió la puerta.
Вона просто виконувала свою роботу і випадково
відчинила двері.
Gregor, por supuesto, quedó completamente sorprendido
por ella.
Грегор, звісно, був нею цілковито здивований.
No lo perseguían, sino que corría de un lado a otro.
Його не переслідували, але він бігав туди-сюди.
Y ella simplemente cruzó sus brazos y lo observó gatear.
А вона просто склала руки і дивилася, як він повзе.
Desde entonces ella siempre le abría un poquito la puerta.
Відтоді вона завжди трохи відчиняла для нього двері.
Una mañana ella entró para ver cómo estaba.
Одного ранку вона зазирнула дізнатися, як у нього справи.
Y por la tarde ella fue a ver cómo estaba antes de irse.
А ввечері, перед тим як піти, вона перевірила його стан.
Al principio ella también intentó llamarlo para que viniera
con ella.
Спочатку вона також намагалася покликати його до себе.
"¡Ven aquí, viejo escarabajo pelotero!", solía decir.
«Іди сюди, старий гнойовий жуче!» — казала вона.

O ella dijo, "¡mira ese viejo escarabajo pelotero!",
amigablemente.
Або ж вона дружелюбно сказала: «Подивіться на старого
гнойового жука!».
Gregor nunca reaccionó cuando le hablaron de esa manera.
Грегор ніколи не реагував на таке звернення.
Él permaneció allí, sin moverse, y la ignoró.
Він залишився там, не рухаючись, і ігнорував її.
"Si le hubieran dicho cómo hacer correctamente su trabajo."
«Якби ж їй тільки сказали, як правильно виконувати свою
роботу».
"En lugar de molestarme debería limpiar mi habitación."
«Замість того, щоб мене турбувати, вона повинна
прибрати в моїй кімнаті».
Una mañana temprano una fuerte lluvia golpeó las ventanas.
Одного разу рано-вранці у вікна вдарив сильний дощ.
**Quizás la lluvia ya era una señal de la llegada de la
primavera.**
Можливо, дощ вже був ознакою майбутньої весни.
La criada comenzó a hablarle de esa manera una vez más.
Служниця знову почала так з ним розмовляти.
Gregor estaba tan amargado que se giró para mirarla.
Грегор був такий озлоблений, що повернувся до неї
обличчям.
Era lento y débil, pero fue una especie de ataque.
Він був повільним і немічним, але це було щось на кшталт
нападу.
La criada, sin embargo, no tenía ningún miedo de Gregor.
Служниця, однак, зовсім не боялася Грегора.
**En lugar de eso, levantó una silla que estaba cerca de la
puerta.**
Натомість вона підняла стілець, що стояв біля дверей.
Y ella permaneció allí, tranquilamente, con la boca abierta.
І вона стояла там, спокійно, з широко відкритим ротом.
Sus intenciones eran claras, incluso Gregor podía verlo.
Її наміри були ясними, навіть Грегор це бачив.
Y se giró, lentamente, a su posición original.

І він повільно повернувся у своє початкове положення.
—**Entonces no quieres acercarte más, ¿verdad?**
— Тож ти не хочеш підійти ближче, чи не так?
Y silenciosamente volvió a poner la silla en la esquina.
І вона тихенько поставила стілець назад у куток.

Gregor ya casi no comía nada.
Грегор майже нічого не їв.
A veces, mientras caminaba por la habitación, se detenía.
Іноді, прогулюючись по кімнаті, він зупинявся.
Y se encontró junto a la comida preparada para él.
І він опинився поруч із приготованою для нього їжею.
Se llevó la comida a la boca, pero sólo para jugar con ella.
Він поклав їжу до рота, але лише для того, щоб погратися
з нею.
Y muy a menudo lo escupía de nuevo al cabo de unas horas.
І досить часто він знову його випльовував через кілька
годин.
Trató de encontrar una razón para su falta de apetito.
Він намагався знайти причину своєї відсутності апетиту.
Quizás porque estaba triste por el estado de su habitación.
Можливо, тому, що він був засмучений станом своєї
кімнати.
**Pero ya se había adaptado a los cambios que se producían en
la habitación.**
Але він змирився зі змінами в кімнаті.
**Recientemente su habitación se había convertido en una
especie de almacén.**
Останнім часом його кімната перетворилася на щось на
кшталт комори.
Se habían acostumbrado a dejar las cosas allí.
Вони вже мали звичку залишати там речі.
Y ahora quedaban muchas cosas así en su habitación.
І тепер у його кімнаті залишилося багато таких речей.
Porque una habitación del apartamento estaba alquilada.
Тому що одна кімната квартири була здана в оренду.
Tres caballeros serios alquilaban la habitación juntos.

Троє серйозних джентльменів орендували кімнату разом.
Gregor los vio una vez a través de una rendija en la puerta.
Грегор якось помітив їх крізь щілину у дверях.
Llevaban barbas pobladas y estaban vestidos meticulosamente.
У них були густі бороди, і вони були ретельно одягнені.
Eran escrupulosos en mantener todo ordenado.
Вони ретельно стежили за тим, щоб у всьому було чисто.
Su insistencia en el orden no se limitaba a su habitación.
Їхня наполегливість щодо охайності не обмежувалася лише їхньою кімнатою.
Todo el apartamento tenía que mantenerse perfectamente limpio.
Вся квартира мала бути ідеально чистою.
Eran aún más exigentes con el aspecto de la cocina.
Вони були ще більш перебірливими щодо того, як виглядала кухня.
Y no podían tolerar ningún desorden innecesario.
І вони не могли терпіти жодного зайвого безладу.
También habían traído consigo sus propios muebles.
Вони також привезли з собою власні меблі.
Por esta razón muchas cosas se habían vuelto superfluas.
Через це багато речей стало зайвими.
Eran cosas por las que nadie pagaría dinero.
Це були речі, за які ніхто не платив би грошей.
Pero la familia tampoco quería deshacerse de estas cosas.
Але родина також не хотіла позбуватися цих речей.
Todas estas cosas fueron a parar a la habitación de Gregor.
Усі ці речі кудись потрапили до кімнати Грегора.
El cajón de cenizas de la cocina ahora estaba guardado en su habitación.
Попільниця з кухні тепер зберігалася в його кімнаті.
Y la basura se guardaba en su habitación hasta el día de la basura.
А сміття зберігалося в його кімнаті до дня сміттєвого вивезення.
La criada arrojó todo lo que no necesitaba en su habitación.

Покоївка кидала до його кімнати все, що їй не було потрібно.

Afortunadamente no vio más que la mano y el objeto.

На щастя, він побачив лише руку та предмет.

Probablemente tenía la intención de volver a buscar las cosas más tarde.

Вона, мабуть, мала намір повернутися за речами пізніше.

O tal vez quería tirarlo todo de una vez.

А може, вона хотіла викинути все за один раз.

Sin embargo, todo permaneció donde había quedado al principio.

Однак, все залишилося там, де спочатку приземлилося.

A menos que Gregor moviera la basura moviéndose a través de ella.

Хіба що Грегор пересунув це мотлох, пробираючись крізь нього.

Al principio se vio obligado a arrastrarse entre toda la basura.

Спочатку його змусили повзати крізь усе це мотлох.

No tenía posibilidad de evitarlo.

У нього не було жодної можливості уникнути цього.

Pero más tarde realmente encontró placer en esta actividad.

Але пізніше він справді знайшов задоволення в цьому занятті.

Aunque tal esfuerzo lo dejó triste y profundamente cansado.

Хоча такі зусилля залишали його сумним і глибоко стомленим.

Y después no pudo moverse durante muchas horas.

А після цього він багато годин не міг рухатися.

Los inquilinos a veces comían en la sala de estar.

Квартиранти іноді обідали у вітальні.

La puerta del salón permanecía cerrada esas noches.

Двері вітальні залишалися зачиненими в ті вечори.

Pero a Gregor no le resultó difícil no abrir la puerta.

Але Грегор без труднощів не відчинив двері.

Incluso cuando la puerta estaba abierta, no siempre miraba hacia afuera.

Навіть коли двері були відчинені, він не завжди виглядав назовні.

Pero él se acostó en el rincón más oscuro de la habitación.

Але він ліг у найтемнішому кутку кімнати.

La familia tampoco notó su falta de atención.

Родина також не помічала його браку уваги.

Pero hubo una vez que la criada dejó la puerta abierta.

Але одного разу покоївка залишила двері відчиненими.

La puerta permaneció abierta incluso cuando los inquilinos regresaron.

Двері залишалися відчиненими навіть після повернення квартирантів.

Y la puerta estaba abierta cuando se encendió la luz.

І двері були відчинені, коли увімкнули світло.

El hombre se sentó a la mesa donde la familia cenaba.

Чоловік сидів за столом, де вечеряла родина.

Allí se sentaron en el pasado el padre, la madre y Gregor.

Батько, мати та Грегор сиділи там у давні часи.

Desplegaron las servilletas y cogieron cuchillos y tenedores.

Вони розгорнули серветки та взяли ножі й виделки.

La madre apareció en la puerta con un plato de carne.

Мати з'явилася у дверях з мискою м'яса.

Entonces la hermana entró con un cuenco lleno de patatas.

Потім зайшла сестра з мискою, повною картоплі.

Los inquilinos se inclinaron sobre los cuencos colocados delante de ellos.

Квартиранти схилилися над мисками, поставленими перед ними.

El humo denso de la comida les llegaba hasta la nariz.

Густий дим від їжі піднімався їм до носа.

Pero aún no habían decidido si comerían la comida.

Але вони ще не вирішили, чи їстимуть цю їжу.

Quizás enviarían la comida de vuelta a la cocina.

Можливо, вони відправлять їжу назад на кухню.

El hombre sentado en el medio parecía ser la autoridad.

Чоловік, що сидів посередині, здавався авторитетом.

Cortó la carne para determinar si estaba lo suficientemente tierna.

Він розрізав м'ясо, щоб перевірити, чи воно достатньо м'яке.

Estaba satisfecho con el olor y el aspecto de la comida.

Він був задоволений тим, як пахла і виглядала їжа.

La madre y la hermana los observaban ansiosamente.

Мати й сестра з тривогою спостерігали за ними.

Y empezaron a sonreír con un suspiro de alivio.

І вони почали посміхатися зітхаючи з наростаючим полегшенням.

La propia familia iba a comer en la cocina.

Сама родина збиралася обідати на кухні.

Pero primero el padre fue a ver cómo estaban los inquilinos.

Але спочатку батько пішов перевірити квартирантів.

Hizo una reverencia, sosteniendo en su mano su gorra de trabajo.

Він вклонився один раз, тримаючи в руці свою кепку після роботи.

Y caminó en círculo alrededor de la mesa, hacia cada invitado.

І він обійшов коло навколо столу, до кожного гостя

Todos los inquilinos se pusieron de pie y murmuraron algo entre dientes.

Усі мешканці встали, бурмочучи собі в бороди.

Después de que él se fue, comieron en un silencio casi absoluto.

Після його відходу вони їли майже в повній тиші.

A Gregor le pareció extraño que pudiera oír la masticación.

Грегору здалося дивним, що він чув жування.

Ningún otro aspecto de la alimentación parecía emitir ningún sonido.

Здавалося, що жоден інший аспект харчування не видавав жодного звуку.

Pero podía oír claramente el rechinar de los dientes.

Але він чітко чув скрегіт зубів.

Parecían decirle que necesitaba dientes para comer.

Здавалося, вони казали йому, що йому потрібні зуби, щоб їсти.

"No puedes hacer nada si tus mandíbulas no tienen dientes".

«Ти нічого не зможеш зробити, якщо твої щелепи беззубі».

"Me gustaría comer algo", dijo Gregor ansiosamente.

«Я б хотів щось з'їсти», — стурбовано сказав Грегор.

"Pero no tengo apetito para lo que están comiendo".

«Але в мене немає апетиту до того, що ви всі їсте».

"Mira cómo comen estos huéspedes y yo aquí muriéndome de hambre".

«Подивіться, ці постояльці їдять, а я тут помираю з голоду».

Aquella noche Gregor pensó por casualidad en el violín.

Того вечора Грегор випадково подумав про скрипку.

No había oído el violín desde la transformación.

Він не чув скрипки з часу перетворення.

Pero entonces, esta noche, se oyó un ruido desde la cocina.

Але потім, цього вечора, з кухні долинув якийсь звук.

Los caballeros ya habían terminado su cena.

Панове вже закінчили свою вечерю.

El caballero del medio había comenzado a leer un periódico.

Середній джентльмен почав читати газету.

Les había dado a los otros dos caballeros una hoja a cada uno.

Він дав двом іншим джентльменам по аркушу.

Y ahora estaban recostados, leyendo y fumando.

А тепер вони відкинулися назад, читали та курили.

Cuando el violín empezó a sonar, se pusieron atentos.

Коли заграла скрипка, вони стали уважними.

Se levantaron y caminaron de puntillas hacia la puerta de la antesala.

Вони встали й навшпиньки підійшли до дверей передпокою.

Allí estaban, acurrucados juntos, escuchando desde la puerta.

Тут вони стояли, тулячись одне до одного, і прислухалися біля дверей.

La familia debió haber escuchado a los hombres desde la cocina.

Родина, мабуть, почула чоловіків з кухні.

Porque el padre los llamó y les preguntó;

Бо батько покликав їх і спитав;

¿Acaso el violín resulta incómodo para los caballeros?

«Можливо, скрипка незручна для панів?»

"Si no te gusta la música podemos parar inmediatamente."

«Якщо тобі не подобається музика, ми можемо негайно зупинитися».

"Al contrario", dijo el centro de los caballeros.

«Навпаки», — сказав середній з джентльменів.

"¿Le gustaría a la señorita tocar el violín en nuestra habitación?"

"Чи не хотіла б молода леді зіграти на скрипці в нашій кімнаті?"

"Definitivamente es mucho más cómodo y acogedor aquí".

«Тут, безумовно, набагато комфортніше та затишніше».

El padre respondió como si fuera el propio violinista.

Батько відповів так, ніби він сам був скрипалем.

"Oh, por favor, eso sería maravilloso", exclamó el padre.

«О, будь ласка, це було б чудово», — вигукнув батько.

Los caballeros regresaron a la sala de estar y esperaron.

Джентльмени повернулися до вітальні та чекали.

Pronto el padre entró en la habitación con el atril.

Невдовзі до кімнати зайшов батько з пюпитром.

La madre entró en la habitación con el libro de música.

Мати зайшла до кімнати з нотною книгою.

Y la hermana entró en la habitación con el violín.

І сестра зайшла до кімнати зі скрипкою.

Ella preparó todo con calma para tocar el violín.

Вона спокійно все підготувала, щоб грати на скрипці.

Los padres exageraron su cortesía y modales.

Батьки перебільшували свою ввічливість та манери.

Nunca antes habían alquilado habitaciones a huéspedes.

Вони ніколи раніше не здавали кімнати мешканцям.

Y ni siquiera se atrevieron a sentarse en sus propias sillas.

І вони навіть не наважувалися сісти на власні стільці.

En lugar de sentarse, el padre se apoyó contra la puerta.

Замість того, щоб сісти, батько прихилився до дверей.

Su mano derecha estaba entre dos botones de su abrigo.

Його права рука була між двома ґудзиками пальта.

Sin embargo, un caballero le ofreció una silla a la madre.

Однак матері якийсь джентльмен запропонував стілець.

Pero ella se sentó donde el caballero había colocado la silla.

Але вона сіла туди, де пан поставив стілець.

Y no había colocado la silla en ningún lugar determinado.

І він не поставив стілець десь конкретно.

Así que la madre se sentó apartada de todos, en un rincón.

Тож мати сіла осторонь від усіх, у кутку.

Y finalmente la hermana empezó a tocar el violín.

І нарешті сестра почала грати на скрипці.

Los padres, en lados opuestos, prestaron mucha atención.

Батьки, які були з протилежних боків, пильно стежили за цим.

Y observaban atentamente cada movimiento de su mano.

І вони уважно стежили за кожним рухом її руки.

Gregor también se sentía atraído por la interpretación del violín.

Грегора також приваблювала гра на скрипці.

Y se aventuró a salir de su habitación un poco más lejos.

І він наважився вийти зі своєї кімнати трохи далі.

Él ya estaba con la cabeza dentro de la sala.

Він уже був з головою у вітальні.

Solía enorgullecerse de ser muy considerado.

Він колись дуже пишався своєю уважністю.

Pero últimamente casi no cuestiona su falta de cuidado.

Але останнім часом він майже не ставив під сумнів свою неуважність.

Aunque ahora tenía más motivos para esconderse que antes.

Хоча зараз у нього було більше причин ховатися, ніж раніше.

Porque su habitación estaba cubierta de polvo y suciedad diversa.

Бо його кімната була вкрита пилом та різним брудом.

El más leve movimiento levantaba todo tipo de suciedad.

Від найменшого руху здіймалася всіляка гидота.

Toda esa suciedad se le pegó: polvo, pelo, restos de comida.

Весь цей бруд прилип до нього: пил, волосся, залишки їжі.

Podría haber frotado la suciedad contra la alfombra.

Він міг би потерти бруд об килим.

Esto era algo que solía hacer varias veces al día.

Це було те, що він робив кілька разів на день.

Pero su indiferencia hacia todo era demasiado grande.

Але його байдужість до всього була надто великою.

Así que no tuvo miedo de avanzar un poco más.

Тож він не боявся просунутися трохи далі.

Y se trasladó al inmaculado suelo de la sala de estar.

І він перейшов на бездоганну підлогу вітальні.

Sin embargo, nadie se dio cuenta ni le prestó atención.

Однак ніхто його не помітив і не звернув на нього жодної уваги.

La familia estaba completamente absorta en el concierto.

Родина була повністю захоплена концертом.

Los caballeros, por el contrario, inicialmente se retiraron.

Панове ж спочатку відступили.

Y se quedaron cerca, detrás del atril de la hermana.

І вони стояли близько за пюпитром сестри.

Si hubieran mirado habrían podido ver las notas musicales.

Якби вони придивилися, то могли б побачити музичні ноти.

Esto, por supuesto, habría perturbado a la hermana.

Це, звичайно, непокоїло б сестру.

Luego se quedaron de pie junto a la ventana, en lugar de sentarse.

Тоді вони стали біля вікна, замість того, щоб сісти.

Con las manos en los bolsillos seguían hablando.

Заклавши руки в кишені, вони продовжували говорити.

Permanecieron allí mientras el padre observaba ansiosamente.

Вони залишилися там, поки батько стурбовано спостерігав.

Uno tenía la impresión de que tenían otras expectativas.

Складалося враження, що в них були інші очікування.

Y realmente parecía como si se hubieran decepcionado.

І справді здавалося, що вони розчарувалися.

Parecía que ya estaban hartos de la actuación.

Здавалося, що їм вистачило виступу.

Habían permitido que el violín perturbara su paz.

Вони дозволили скрипці порушити їхній спокій.

Y sólo toleraban la música por cortesía.

І вони терпіли музику лише з ввічливості.

Lo que más me desconcertó fue cómo expulsaron el humo.

Те, як вони здували дим, було особливо тривожним.

Y aún así, tocaba el violín maravillosamente.

І все ж вона так чудово грала на скрипці.

Su rostro estaba inclinado suavemente hacia un lado, sobre el violín.

Її обличчя було м'яко нахилене набік, на скрипці.

Sus ojos buscaban con tristeza las líneas musicales.

Її очі сумно шукали по нотних рядках.

Gregor se sintió atraído un poco más hacia la sala de estar.

Грегора ніби трохи більше тягне до вітальні.

Mantuvo la cabeza cerca del suelo, pero miró hacia arriba.

Він тримав голову близько до землі, але дивився вгору.

Tal vez de esta manera la mirada de su hermana podría encontrarse con la suya.

Можливо, так погляд його сестри зустрінеться з його очима.

¿Puede realmente decirse que era sólo un animal?

Чи справді можна сказати, що він був просто твариною?

¿Era un animal si la música podía cautivarlo tanto?

Хіба він був твариною, якщо музика могла так його захопити?

Sintió como si le mostraran un camino hacia una alimentación desconocida.

Він відчував, ніби йому вказали шлях до невідомої їжі.

Quizás éste era el sustento que le faltaba.

Можливо, це була та сама підтримка, якої йому бракувало.

Estaba decidido a dirigirse hacia su hermana.

Він був рішуче налаштований прокласти шлях до своєї сестри.

Quería tirar de su falda para llamar su atención.

Він хотів смикнути її за спідницю, щоб привернути її увагу.

Quería darle una indicación de una invitación.

Він хотів натякнути їй на запрошення.

"Ven a tocar el violín en mi habitación", quiso decir.

«Ходімо пограємо на скрипці в моїй кімнаті», – хотів він сказати.

Él quería que ella fuera recompensada por su hermosa música.

Він хотів, щоб її винагородили за її прекрасну музику.

"Aquí nadie te recompensa por tocar el violín".

«Ніхто тут не винагороджує тебе за гру на скрипці».

Él ya no quería dejarla salir de su habitación.

Він більше не хотів випускати її зі своєї кімнати.

Él quería que ella permaneciera con él mientras viviera.

Він хотів, щоб вона залишилася з ним до кінця його життя.

Por primera vez su transformación tuvo un beneficio.

Вперше його перетворення принесло користь.

Su deformidad finalmente iba a serle útil.

Його каліцтво нарешті мало стати йому в пригоді.

Quería estar en las cuatro puertas simultáneamente.

Він хотів бути біля всіх чотирьох дверей одночасно.

Quería silbarles y escupirles desde todos los ángulos.

Йому хотілося шипіти та плювати на них з усіх боків.

Su hermana no debería verse obligada a quedarse con él.

Його сестру не слід змушувати залишатися з ним.

Él quería que ella eligiera quedarse con él voluntariamente.

Він хотів, щоб вона добровільно вирішила залишитися з ним.

Ella iba a sentarse a su lado e inclinarse hacia él.

Вона збиралася сісти поруч із ним і нахилитись до нього.

Y le iba a contar sobre la escuela de música.

І він збирався розповісти їй про музичну школу.

Tenía la firme intención de enviarla a la academia.

Він мав твердий намір відправити її до академії.

Se lo habría contado a todo el mundo la pasada Navidad.

Він би всім розповів про це минулого Різдва.

¿Ya había llegado y pasado realmente la Navidad?

Невже Різдво справді вже настало і минуло?

Y no habría dejado que nadie le disuadiera de ello.

І він би нікому не дозволив відмовити його від цього.

Pero entonces el desafortunado accidente lo detuvo todo.

Але потім нещасний випадок усе зупинив.

La hermana se habría sentido abrumada por la emoción.

Сестру переповнили б емоції.

Y entonces Gregor se habría subido hasta su hombro.

А тоді Грегор виліз би їй на плече.

Y la habría consolado besándole el cuello.

І він би втішив її, поцілувавши в шию.

—¡Señor Samsa! —gritó el hombre del medio al padre.

«Пане Замза!» — гукнув чоловік посередині до батька.

Señalaba con su dedo índice hacia Gregor.

Він тицьнув вказівним пальцем униз на Грегора.

Gregor se movía lentamente por el suelo de la sala de estar.

Грегор повільно рухався по підлозі вітальні.

El sonido del violín se silenció muy rápidamente.

Гра скрипки дуже швидко стихла.

El del medio de los tres hombres sonrió a sus amigos.

Середній з трьох чоловіків посміхнувся своїм друзям.

Luego meneó la cabeza y volvió a mirar a Gregor.

Потім він похитав головою і знову подивився на Грегора.

El padre podría haber obligado a Gregor a regresar a su habitación.

Батько міг би силоміць загнати Грегора назад до його кімнати.

Pero esa no fue la primera acción que decidió tomar.

Але це був не перший вчинок, на який він зважився.

Pensó que era más importante calmar a los caballeros.

Він вважав, що важливіше заспокоїти джентльменів.

Aunque en realidad no estaban molestos en absoluto por Gregor.

Хоча насправді вони зовсім не були засмученими Грегором.

Gregor parecía más entretenido que tocar el violín.

Грегор здавався цікавішим, ніж гра на скрипці.

Corrió hacia ellos con los brazos extendidos.

Він кинувся до них з розпростертими руками.

Estaba intentando hacer lo mejor que podía para ocultar su visión de Gregor.

Він щосили намагався приховати від них уявлення про Грегора.

Y trató de animarlos a regresar a su habitación.

І він спробував заохотити їх повернутися до своєї кімнати.

En realidad, esto los hizo enfadar un poco.

Насправді це їх трохи роздратувало.

Pero era difícil decir exactamente qué les molestaba.

Але важко було сказати, що саме їх дратувало.

El padre estaba arruinando la diversión de la noche.

Батько псував усі розваги вечора.

Pero también acababan de enterarse de su nuevo compañero de piso.

Але вони також щойно дізналися про свого нового сусіда по квартирі.

Levantaron las manos tal como lo había hecho el padre.

Вони підняли руки так само, як це зробив батько.

Exigieron una explicación inmediata al padre.

Вони вимагали від батька негайного пояснення.

Se tiraron inquietos de la barba esperando una respuesta.

Вони неспокійно смикали свої бороди, шукаючи відповіді.

Y retrocedieron hasta su habitación, pero muy lentamente.

І вони рушили заднім ходом до своєї кімнати, але дуже повільно.

La interrupción había dejado a la hermana en trance.

Це переривання ввело сестру в транс.

Dejó que el violín y el arco colgaran a su lado.

Вона звісила скрипку та смичок збоку.

Y ella miraba la partitura como si todavía estuviera tocando.

І вона дивилася на ноти, ніби ще грали.

Pero de repente ella regresó a la habitación.

Але потім вона раптово повернулася до кімнати.

Y ahora había superado el sentimiento de estar perdida.

І тепер вона подолала відчуття розгубленості.

Ella colocó el instrumento musical en el regazo de su madre.

Вона поклала музичний інструмент на коліна матері.

La madre estaba sentada en la silla, respirando con dificultad.

Мати сиділа на стільці, важко дихаючи.

Y entonces la hermana tuvo que correr a la habitación de al lado.

А потім сестрі довелося бігти до сусідньої кімнати.

Tenía que dejar todo listo para los caballeros.

Їй потрібно було все підготувати для джентльменів.

Ella arrojó las mantas y los cojines al aire.

Вона підкинула ковдри та подушки в повітря.

Y con sus manos expertas dispuso toda la ropa de cama.

І своїми вмілими руками вона розставила всю постільну білизну.

Terminó antes de que los caballeros llegaran a la habitación.

Вона закінчила, перш ніж джентльмени дійшли до кімнати.

Y ella se escabulló antes de interponerse en su camino.

І вона вислизнула, перш ніж стала їм на заваді.

El padre parecía estar dominado por su propia terquedad.

Здавалося, що батько був охоплений власною впертістю.

Y así olvidó todo respeto que debía a sus inquilinos.

І тому він забув про всю повагу, яку був зобов'язаний своїм орендарям.

Empujó y empujó hasta que su portavoz se opuso.

Він штовхався і штовхався, доки їхній речник не заперечив.

Al llegar a la puerta, dio una patada furiosa.

Він сердито тупнув ногою, коли підійшов до дверей.

Y con esto logró detener al padre.

І цим він довів батька в глухий кут.

"Por la presente declaro", comenzó dirigiéndose a su propietario.

«Цим я заявляю», – почав він звертатися до свого орендодавця.

Y levantó la mano, mirando a toda la familia.

І він підняв руку, дивлячись на всю родину.

"En cuanto a las repugnantes condiciones de la habitación;"

«Щодо огидних умов у кімнаті;»

Y se aseguró de que todos escucharan sus palabras.

І він подбав про те, щоб усі слухали його слова.

"Por la presente, le comunico que desocuparé mi habitación".

«Цим я повідомляю про звільнення своєї кімнати.»

Y reiteró su punto escupiendo en el suelo.

І він ще раз підтвердив свою думку, плюнувши на землю.

"Tampoco pagaré por los días que he vivido aquí."

«Я також не заплачу за ті дні, що прожив тут».

Sin embargo, no estaba completamente satisfecho con este reembolso.

Однак він не був повністю задоволений цим відшкодуванням.

"Y consideraré hacer otras demandas contra usted."

«І я розгляну можливість висунення до вас інших вимог».

Créeme, tales exigencias serán muy fáciles de justificar.

«Повірте, такі вимоги буде дуже легко виправдати».

Él permaneció en silencio y miró directamente al padre.

Він мовчав і дивився прямо перед собою на батька.

Parecía estar esperando que sucediera algo más.

Здавалося, він очікував чогось більшого.

De hecho, sus dos amigos inmediatamente tuvieron la misma idea.

Власне, у його двох друзів одразу ж виникла та сама ідея.

"También estamos cancelando nuestras habitaciones",
dijeron al unísono.
«Ми також скасовуємо наші номери», – сказали вони
хором.
Luego agarró la manija de la puerta y cerró la puerta.
Потім він схопився за дверну ручку та зачинив двері.
Y con un fuerte estruendo se encerraron en su habitación.
І з гучним гуркотом вони зачинилися у своїй кімнаті.
El padre se tambaleó hasta su silla con manos torpes.
Батько похитуючись, підійшов до свого стільця,
намацуючи руки.
Y se dejó caer en la silla, derrotado.
І він, розбитий, дозволив собі впасти на стілець.
Parecía como si fuera a echar su siesta vespertina habitual.
Здавалося, що він збирався подрімати, як завжди, ввечері.
Pero su cabeza asintió casi como si no tuviera apoyo.
Але його голова кивнула, ніби її не було підперто.
Y se podía ver que no estaba durmiendo en absoluto.
І було видно, що він зовсім не спав.
**Durante todo este tiempo Gregor no se había movido de su
sitio.**
Весь цей час Грегор не рухався з місця.
**Todavía estaba donde los caballeros lo habían visto por
primera vez.**
Він все ще був там, де його вперше побачили
джентльмени.
Incluso si hubiera querido moverse, le resultó imposible.
Навіть якби він хотів переїхати, він вважав це
неможливим.
Por su decepción, o por su hambre.
Через його розчарування, або через його голод.
Estaba decepcionado por el fracaso de su plan.
Він був розчарований провалом свого плану.
Y estaba débil por el hambre prolongada que sentía.
І він був слабкий від тривалого голоду, який відчував.
**Estaba seguro de que en cualquier momento todos se
volverían contra él.**

Він був упевнений, що всі будь-якої миті обернуться проти нього.

Con esta expectativa de colapso inminente, esperó.

З цим очікуванням неминучого краху він чекав.

El violín empezó a deslizarse del regazo de la madre.

Скрипка почала зісковзувати з колін матері.

Con un sonido resonante el violín cayó al suelo.

З гучним звуком скрипка впала на землю.

Pero ni siquiera ese repentino ruido estrepitoso lo sobresaltó.

Але навіть цей раптовий гуркіт його не налякав.

«Queridos padres», dijo la hermana, «esto no puede continuar».

«Дорогі батьки, — сказала сестра, — так тривати не може».

Y golpeó la mesa con la mano para dejar claro su punto.

І вона ляснула рукою по столу, щоб підкреслити свою думку.

"No diré el nombre de mi hermano delante de este monstruo".

«Я не скажу імені свого брата перед цим чудовиськом».

"Por eso lo digo lo más claramente posible:"

«Ось чому я кажу це якомога прямолінійніше:»

"No tenemos otra opción que deshacernos de este animal".

«У нас немає іншого вибору, окрім як позбутися цієї тварини».

"Hicimos lo mejor que pudimos para tolerar y cuidar a este animal".

«Ми зробили все можливе, щоб терпіти цю тварину та піклуватися про неї».

"No creo que nadie pueda culparnos en lo más mínimo".

«Я не думаю, що хтось може нас хоч трохи звинуватити».

"Tiene mil veces razón", asintió el padre.

«Вона має тисячу разів рацію», – погодився батько.

La madre aún no había recuperado del todo el aliento.

Мати ще не встигла повністю віддихатися.

Ella empezó a toser sordamente en su mano, respirando con dificultad.

Вона почала глухо кашляти в руку, важко дихаючи.

Y una expresión de locura comenzó a surgir en sus ojos.

І в її очах почав з'являтися божевільний вираз.

La hermana corrió hacia su madre y le sujetó la frente.

Сестра кинулася до матері та схопилася за чоло.

El padre pareció inspirarse en las palabras de la hermana.

Батька ніби надихнули слова сестри.

Y sus pensamientos parecían ser más claros que antes.

І його думки здалися яснішими, ніж раніше.

Dejó de asentir con la cabeza y volvió a sentarse derecho.

Він перестав кивати головою та знову випростався.

Y jugaba con la gorra de sirviente, sumido en sus pensamientos.

І він грався ковпаком свого слуги, заглиблений у роздуми.

Los platos de los inquilinos todavía estaban sobre la mesa.

Тарілки від орендарів все ще були на столі.

Y a veces miraba hacia el silencioso Gregor.

І він іноді дивився на мовчазного Грегора.

"Tenemos que intentar deshacernos de él", le dijo la hermana.

«Ми повинні спробувати позбутися цього», – сказала йому сестра.

La madre estaba demasiado ocupada tosiendo como para escuchar.

Мати була надто зайнята кашлем, щоб слухати.

"Los matará a ambos, ya lo veo venir."

«Це вб'є вас обох, я вже бачу, як це станеться».

"No podemos seguir trabajando tan duro como lo hacemos todos."

«Ми не можемо всі продовжувати так наполегливо працювати, як працюємо».

"Y cada día tenemos que volver a casa y encontrarnos con esta tortura."

«І щодня нам доводиться повертатися додому, щоб зазнати цих тортур».

"No podemos soportarlo más. No puedo soportarlo."

«Ми більше не можемо цього терпіти. Я не можу цього терпіти».

Ella cayó ante su madre en un último estallido de lágrimas.

Вона впала до матері в останній сльози.

Las lágrimas cayeron por su rostro y sobre el de su madre.

Сльози падали по її обличчю та на обличчя її матері.

Y se secó las lágrimas con un movimiento mecánico.

І вона механічним рухом витерла сльози.

"Hijo mío", dijo el padre con voz compasiva.

«Дитино моя», — сказав батько співчутливим голосом.

Había profunda simpatía y comprensión en su voz.

У його голосі чулися глибоке співчуття та розуміння.

«Pero ¿qué debemos hacer?», confesó no saberlo.

«Але що ж нам робити?» — зізнався він, що не знає.

La hermana simplemente se encogió de hombros con impotencia.

Сестра лише безпорадно знизала плечима.

Y su confianza anterior fue reemplazada nuevamente por lágrimas.

І її колишня впевненість знову змінилася сльозами.

«Si nos entendiera», dijo el padre en voz alta.

«Якби ж він нас розумів», — промовив батько вголос.

Y se preguntó si tal vez Gregor entendía.

І він майже сумнівався, чи, можливо, Грегор зрозумів.

La hermana simplemente sacudió su mano violentamente mientras lloraba.

Сестра лише сильно потиснула їй руку, плачучи.

Y entonces ella señaló que no se debía pensar en esa idea.

І тому вона дала зрозуміти, що про цю ідею не варто думати.

«¡Si nos comprendiera!», repitió el padre.

«Але якби ж він нас зрозумів», — повторив батько.

Cerrando los ojos consideró la respuesta de la hermana.

Заплющивши очі, він обміркував відповідь сестри.

"Si lo entendiera se podría llegar a un acuerdo con él."

«Якби він зрозумів, з ним можна було б домовитися».

"Pero estando las cosas como están..."

«Але з огляду на те, що все так, як є...»
"Tiene que irse", gritó la hermana, "es la única manera".
«Треба піти!» — вигукнула сестра, — «це єдиний вихід».
"Tienes que deshacerte de la idea de que es Gregor".
«Тобі треба позбутися думки, що це Грегор».
"Que lo hayamos creído durante tanto tiempo es nuestra verdadera desgracia."
«Те, що ми так довго в це вірили, — це наше справжнє нещастя».
«¿Pero cómo puede ser Gregor?», le preguntó a su padre.
«Але як це може бути Грегор?» — спитала вона батька.
"Sabía que un animal así no podía coexistir con los humanos".
«Він знав, що така тварина не може співіснувати з людьми».
Gregor nos habría abandonado hace mucho tiempo, voluntariamente.
«Грегор давно б пішов від нас добровільно».
"Es cierto, entonces no tendríamos ningún hermano."
«Це правда, тоді б у нас не було брата».
"Pero podríamos seguir viviendo y honrar su memoria".
«Але ми могли б продовжувати жити та шанувати його пам'ять».
"Pero esta bestia nos persigue y ahuyenta a nuestros labradores."
«Але цей звір переслідує нас і проганяє наших орендарів».
"Es evidente que quiere apoderarse de todo el apartamento".
«Воно, очевидно, хоче захопити всю квартиру».
"Esta bestia quiere hacernos dormir en la calle."
«Цей звір хоче змусити нас спати на вулиці».
«Mira, padre», gritó de repente, «¡se mueve otra vez!»
«Дивіться, тату», — раптом вигукнула вона, — «він знову рухається!»
E hizo algo que ni siquiera Gregor pudo entender.
І вона зробила те, чого навіть Грегор не міг зрозуміти.
Ella se apartó, como sacrificando a la madre.
Вона відштовхнулася, ніби приносячи матір у жертву.

**Y ella corrió detrás de su padre buscando algún tipo de
seguridad.**

I вона бігла за батьком, щоб якось захиститися.

El padre estaba agitado únicamente porque su hija lo estaba.

Батько був схвильований лише тому, що його донька була
схвильована.

**Pero entonces él también se levantó y levantó los brazos
sobre ella.**

Але потім він також встав і підняв над нею руки.

Pero Gregor no tenía intención de asustar a nadie.

Але Грегор не мав наміру нікого лякати.

Sobre todo no pensó en asustar a su hermana.

Він особливо не думав лякати свою сестру.

Él sólo estaba intentando regresar a su habitación.

Він просто намагався повернутися до своєї кімнати.

**Pero dado que su estado estaba empeorando, incluso esto era
difícil.**

Але за його погіршення стану навіть це було важко.

Y ya no tenía pleno uso de todas sus piernas.

I він більше не міг повноцінно використовувати всі свої
ноги.

Entonces usó su cabeza para levantar su cuerpo y girar.

Тож він використав голову, щоб підняти своє тіло та
повернутись.

**Hizo una pausa y miró a su alrededor esperando la
aprobación de la familia.**

Він замовк і озирнувся навколо, чекаючи схвалення
родини.

Su buena intención parecía haber sido reconocida.

Здавалося, що його добрий намір був помічений.

**Su movimiento sólo había sido un shock momentáneo para
ellos.**

Його рух був для них лише миттєвим шоком.

Ahora todos lo miraban en un silencio infeliz.

Тепер усі дивилися на нього в невтішній мовчанці.

La madre seguía tumbada en el sillón, exhausta.

Мати все ще лежала в кріслі, виснажена.

El padre y la hermana estaban sentados uno al lado del otro.
Батько та сестра сиділи поруч.
«Quizás ahora me dejen dar la vuelta», pensó Gregor.
«Можливо, тепер мені дозволять розвернутися», —
подумав Грегор.
Y continuó haciendo su torpe movimiento de giro.
І він продовжував робити свій незграбний поворотний
рух.
No podía reprimir los jadeos ocasionales de esfuerzo.
Він не міг стримати час від часу здригаючись від напруги.
**Y se vio obligado a descansar un par de veces entre uno y
otro.**
І він був змушений кілька разів відпочивати між ними.
**Ya nadie le obligaba a apresurarse; la decisión estaba en sus
manos.**
Ніхто не змушував його поспішати; все залишалося на
його розсуд.
Al final completó el giro lento y doloroso.
Зрештою він завершив повільний і болісний поворот.
**Inmediatamente comenzó a caminar directamente de regreso
a su habitación.**
Він одразу ж почав йти прямо до своєї кімнати.
Se sorprendió de lo lejos que estaba de su habitación.
Він був вражений тим, як далеко він опинився від своєї
кімнати.
¿Cómo, a pesar de su debilidad, había llegado allí antes?
Як, попри свою слабкість, він опинився там раніше?
Había recorrido casi el mismo camino sin darse cuenta.
Він пройшов майже тим самим шляхом, навіть не
помітивши цього.
Ahora él sólo se concentró en gatear tan rápido como podía.
Він просто зосередився на тому, щоб повзти якомога
швидше.
La falta de comentarios por parte de alguien no le inquietó.
Відсутність коментарів від когось його не турбувала.
Sólo cuando ya estaba en la puerta giró la cabeza.
Тільки коли він уже був у дверях, він повернув голову.

Pero no pudo darse la vuelta para mirar hacia atrás por completo.

Але він не зміг обернутися, щоб повністю озирнутися назад.

Porque sintió que su cuello se ponía aún más rígido al girarse.

Бо він відчув, як його шия ще більше заціпеніла, коли він повернувся.

Pero vio que de todas formas nada había cambiado detrás de él.

Але він бачив, що позаду нього все одно нічого не змінилося.

La única diferencia fue que su hermana se puso de pie.

Єдина відмінність полягала в тому, що його сестра встала.

Su última mirada mostró que su madre se había quedado dormida.

Його останній погляд показав, що мати заснула.

Tan pronto como estuvo dentro de su habitación la puerta se cerró.

Щойно він опинився у своїй кімнаті, двері зачинилися.

Y tan pronto como la puerta se cerró, el cerrojo quedó bloqueado.

І щойно двері зачинилися, замок замкнули.

Gregor se asustó por el ruido inesperado que se oía detrás.

Грегора налякав неочікуваний шум позаду.

Y sus piernas se doblaron bajo él por la repentina sorpresa.

І ноги підкосилися від раптової несподіванки.

Fue la hermana quien corrió hacia la puerta detrás de él.

Це була сестра, яка кинулася до дверей за ним.

Ella ya se encontraba allí de pie, esperándolo.

Вона вже стояла там прямо і чекала на нього.

Luego saltó hacia delante ligeramente sin que Gregor la oyera.

Потім вона легко стрибнула вперед, і Грегор її не почув.

"¡Por fin!" gritó en voz alta mientras giraba la llave.

«Нарешті!» — гукнула вона вголос, повертаючи ключ.

"¿Y ahora qué?", se preguntó Gregor, solo en la oscuridad.

«Що ж тепер?» — запитав себе Грегор, сам у темряві.

Pronto descubrió que ya no podía moverse en absoluto.

Невдовзі він зрозумів, що взагалі не може рухатися.

Pero no le sorprendió realmente su inmovilidad.

Але його насправді не здивувала його нерухомість.

Poder moverse con piernas tan delgadas parecía ridículo.

Здатність пересуватися на таких тонких ногах здавалася смішною.

No sabía cómo había sido capaz de hacerlo.

Він не знав, як йому це взагалі вдавалося.

Pero aparte de eso se sentía relativamente cómodo.

Але крім цього, він почувався відносно комфортно.

Es cierto que sentía un dolor profundo en todo el cuerpo.

Це правда, що він відчував сильний біль у всьому тілі.

Pero el dolor parecía hacerse cada vez más débil.

Але біль, здавалося, ставав дедалі слабшим.

Y sintió que el dolor eventualmente desaparecería.

І він відчував, що біль нарешті зникне.

Ya casi no sentía la manzana podrida en su espalda.

Він уже майже не відчував гнилого яблука в спині.

Pensó en su familia con emoción y amor.

Він згадував свою родину з емоціями та любов'ю.

Sintió las emociones de su hermana incluso más que ella misma.

Він відчував емоції сестри навіть більше, ніж вона сама.

Ella tenía razón en lo que había dicho: él tenía que irse.

Вона мала рацію в своїх словах: він мав піти.

Pasó algún tiempo en ese estado vacío y pacífico.

Він провів деякий час у цьому порожньому та мирному стані.

El reloj dio tres veces, silenciosamente, pero con firmeza.

Годинник пробив тричі, тихо, але твердо.

Gregor fue sacado suavemente de sus meditaciones.

Грегора обережно вирвали з його роздумів.

Observó cómo la luz de la mañana entraba lentamente en su habitación.

Він спостерігав, як ранкове світло повільно проникає в його кімнату.

Entonces su cabeza se hundió por completo, sin su voluntad.

Потім його голова мимоволі повністю опустилася.

Y su último aliento fluyó débilmente de su nariz.

І останній подих слабо вирвався з його ніздрів.

La criada entró en su habitación temprano en la mañana.

Покоївка зайшла до його кімнати рано-вранці.

No encontró nada inusual durante su corta visita habitual.

Під час свого звичайного короткого візиту вона не виявила нічого незвичайного.

Con fuerza y prisa cerró de golpe todas las puertas.

Зі знесилою та поспіхом вона грюкнула всіма дверима.

No fue posible dormir tranquilo en todo el apartamento.

Спокійно спати в усій квартирі було неможливо.

Le habían pedido que evitara hacer esto por la mañana.

Її попросили не робити цього вранці.

Ella pensó que él yacía allí inmóvil a propósito.

Вона думала, що він навмисно лежить так нерухомо.

Quizás quería demostrarle que estaba ofendido.

Можливо, він хотів показати їй, що образився.

Ella confiaba en que él tenía todo tipo de inteligencia.

Вона довіряла йому, що він має всілякі інтелекти.

Ella sostenía por casualidad la escoba larga en su mano.

Випадково вона тримала в руці довгу мітлу.

Entonces, desde la puerta, intentó hacerle un poco de cosquillas a Gregor.

Тож, стоячи біля дверей, вона спробувала трохи полоскотати Грегора.

Ella estaba un poco molesta porque él no respondió en absoluto.

Її трохи розлютило, що він взагалі не відповів.

Así que esta vez lo empujó un poco más firmemente.

Тож цього разу вона штовхнула його трохи міцніше.

Cuando él no ofreció resistencia, ella lo miró más de cerca.

Коли він не вчинив жодного опору, вона придивилася уважніше.

Pronto se dio cuenta de lo que realmente le había sucedido a Gregor.

Невдовзі вона зрозуміла, що насправді сталося з Грегором.

Abrió más los ojos y silbó para sí misma.

Вона ширше розплющила очі й свиснула собі під ніс.

Pero no perdió mucho tiempo antes de abrir la puerta.

Але вона не гаяла багато часу, перш ніж відчинити двері.

Y clamó a gran voz en la oscuridad:

І вона гучним голосом вигукнула в темряву:

"Ven a echarle un vistazo, ahí está, completamente muerto."

«Ходімо та погляньте, ось воно лежить, зовсім мертве».

Los dos padres estaban sentados erguidos en el lecho conyugal.

Батьки сиділи прямо у своєму подружньому ліжку.

Primero tuvieron que superar el impacto del ruido.

Спочатку їм довелося подолати шок від шуму.

Pero poco a poco empezaron a comprender su mensaje.

Але потім вони поступово почали розуміти її послання.

El señor y la señora Samsa saltaron cada uno de su lado de la cama.

Пан і пані Замза вистрибнули кожен зі свого боку ліжка.

El señor Samsa se echó la gruesa manta sobre los hombros.

Пан Замза накинув на плечі товсту ковдру.

Y la señora Samsa salió sin nada más que su camisón.

І пані Замза вийшла лише в нічній сорочці.

Y así entraron en la habitación de Gregor.

І так вони увійшли до кімнати Грегора.

Mientras tanto, la puerta de la sala de estar también se había abierto.

Тим часом двері до вітальні також відчинилися.

Grete había dormido allí desde que los inquilinos se mudaron.

Грета спала там відтоді, як мешканці переїхали.

Estaba completamente vestida como si no hubiera dormido en absoluto.

Вона була повністю одягнена, ніби зовсім не спала.
Su rostro pálido también parecía demostrar su falta de sueño.
Її бліде обличчя також ніби свідчило про брак сну.
"¿Está muerto?" preguntó la señora Samsa, mirando a la criada.
«Він мертвий?» — спитала пані Замза, дивлячись на покоївку.
Ella podría haberlo confirmado mirándolo ella misma.
Вона могла б переконатися в цьому, подивившись на нього сама.
"Creo que sí", dijo la criada cogiendo la escoba.
— Гадаю, що так, — сказала служниця, піднімаючи віник.
Y ella empujó su cuerpo muy lejos por el suelo.
І вона довго штовхала його тіло по підлозі.
La señora Samsa hizo un movimiento como si quisiera detenerla.
Пані Замза зробила рух, ніби хотіла її зупинити.
Pero al final dejó que la criada llevara a Gregor de un lado a otro.
Але зрештою вона дозволила покоївці повозити Грегора.
—Bueno —dijo el señor Samsa—, por fin podemos dar gracias a Dios.
«Ну що ж, — сказав пан Замза, — нарешті ми можемо подякувати Богові».
Hizo la señal de la cruz; cabeza, pecho, hombros.
Він перехрестився: головою, грудьми, плечима.
Y las tres mujeres siguieron su ejemplo religioso.
І три жінки наслідували його релігійний приклад.
Grete, que no apartaba la vista del cadáver, dijo:
Грета, не відводячи очей від трупа, сказала:
"Mira qué delgado estaba, hacía tanto tiempo que no comía."
«Подивись, який він схуд, він так давно не їв».
"La comida que le dejaba cada mañana siempre estaba intacta."
«Їжа, яку я залишав йому щоранку, завжди була недоторканою».

De hecho, el cuerpo de Gregor estaba completamente plano y seco.

Насправді тіло Грегора було абсолютно плоским і сухим.

Esto era más visible ahora que estaba en el suelo.

Це було помітніше тепер, коли він був на землі.

Porque su cuerpo ya no era levantado por sus piernas.

Бо його тіло більше не могло триматися на ногах.

Y porque no había nada más que distrajera la vista.

А тому що більше нічого не відволікало погляд.

—Ven un rato con nosotros, Grete —dijo la señora Samsa.

«Ходімо до нас на хвилинку, Грето», — сказала пані Замза.

Había una sonrisa dolorosa en sus labios mientras hablaba.

На її губах грала болісна посмішка, коли вона говорила.

Grete los siguió, pero también miró hacia el cadáver.

Грета пішла за ними, але також озирнулася на труп.

La criada cerró la puerta y abrió completamente la ventana.

Покоївка зачинила двері та повністю відчинила вікно.

Todavía era temprano, por lo que normalmente el aire estaría frío.

Було ще рано, тож повітря зазвичай мало бути холодним.

Pero también había una mezcla de calidez en el aire frío.

Але в холодному повітрі також відчувалася тепла.

Como un suave recordatorio de que ya era finales de marzo.

Як м'яке нагадування про те, що вже кінець березня.

Los tres inquilinos ahora también salieron de su habitación.

Троє мешканців також вийшли зі своєї кімнати.

Miraron a su alrededor con asombro en busca de su desayuno.

Вони з подивом озирнулися навколо, чекаючи на свій сніданок.

El desayuno fue olvidado por lo que encontró la criada.

Через те, що знайшла покоївка, про сніданок забули.

"¿Dónde está el desayuno?" se quejó el caballero del medio.

«Де сніданок?» — пробурмотів середній джентльмен.

La criada se llevó el dedo a la boca para ordenar silencio.

Покоївка приклала палець до рота, наказуючи тишу.

Y ella rápidamente y en silencio saludó a los caballeros.

І вона поспішно й мовчки помахала панам.

La criada acompañó a los tres caballeros a la habitación.

Покоївка провела трьох джентльменів до кімнати.

Y continuó explicándoles lo que había sucedido.

І вона продовжувала пояснювати їм, що сталося.

Y los tres caballeros estaban alrededor del cadáver de Gregor.

А троє панів стояли навколо тіла Грегора.

Con las manos en los bolsillos miraron hacia abajo.

Заклавши руки в кишені, вони дивилися вниз.

La luz de la mañana ahora había inundado completamente la habitación.

Ранкове світло вже повністю залило кімнату.

Entonces se abrió la puerta del dormitorio y apareció el señor Samsa.

Потім двері спальні відчинилися, і з'явився пан Замза.

A un lado estaba su esposa y al otro su hija.

З одного боку була його дружина, а з іншого — донька.

Para entonces el señor Samsa ya llevaba puesto su uniforme.

Пан Замза вже був у формі.

Se podía ver que todos habían estado llorando un poco.

Було видно, що всі вони трохи плакали.

Grete presionó su cara contra el brazo de su padre.

Грета притиснулася обличчям до руки батька.

"¡Sal de mi apartamento inmediatamente!" ordenó el señor Samsa.

«Негайно залиште мою квартиру!» — наказав пан Замза.

Y señaló la puerta sin dejar salir a las mujeres.

І він показав на двері, не відпускаючи жінок.

"¿Qué quieres decir?" preguntó el intermediario desconcertado.

«Що ви маєте на увазі?» — збентежено спитав посередник.

Y él hizo lo mejor que pudo para sonreír dulcemente al señor Samsa.

І він щосили намагався солодко посміхнутися пану Замзі.

Los otros dos llevaban las manos tras la espalda.

Двоє інших тримали руки за спиною.

Y se frotaron las manos con anticipación.

І вони потирали руки в передчутті.

Parecía que esperaban que se produjera una fuerte pelea.

Здавалося, вони очікували гучної сварки.

Pero ellos parecían estar contentos con la discusión que se avecinaba.

Але вони, здавалося, були раді майбутній суперечці.

Creían que la disputa sería a su favor.

Вони думали, що суперечка буде на їхню користь.

"Quiero decir exactamente lo que acabo de decir", respondió el señor Samsa.

«Я маю на увазі саме те, що щойно сказав», – відповів пан Замза.

Caminó en línea recta con sus dos compañeros.

Він йшов по прямій лінії зі своїми двома супутниками.

Y el señor Samsa se dirigió directamente a su caballero principal.

І пан Замза безпосередньо звернувся до їхнього провідного джентльмена.

El caballero primero se quedó quieto, mirando al suelo.

Джентльмен спочатку зупинився, дивлячись у землю.

El contenido de su cabeza todavía estaba ordenándose.

Вміст його голови все ще впорядковувався.

—Está bien, nos vamos —dijo y miró al señor Samsa.

«Добре, ми підемо», — сказав він і подивився на пана Замзу.

Una nueva humildad pareció apoderarse de él de repente.

Здавалося, його раптово охопила нова смиренність.

Y parecía estar pidiendo permiso para esta decisión.

І він ніби просив дозволу на це рішення.

El señor Samsa abrió mucho los ojos y asintió un poco.

Пан Замза широко розплющив очі та злегка кивнув.

Los caballeros obedecieron inmediatamente su orden.

Панове негайно виконали його наказ.

Y efectivamente dieron largos pasos por el pasillo.

І вони справді зробили довгі кроки в коридор.

Sus amigos ya habían dejado de frotarse las manos.

Його друзі вже перестали потирати руки.

Habían estado escuchando cómo iba la conversación.

Вони слухали, як проходила розмова.

Y ahora corrían tras él, como si tuvieran miedo.

І вони тепер бігли за ним, ніби злякавшись.

El señor Samsa aún podría aislarlos de su líder.

Пан Замза все ще може ізолювати їх від їхнього лідера.

Sacaron sus palos del contenedor.

Вони витягли свої палички з контейнера для паличок.

Y se inclinaron en silencio antes de salir del apartamento.

І вони мовчки вклонилися, перш ніж вийти з квартири.

El señor Samsa y las dos mujeres salieron del patio delantero.

Пан Замза та дві жінки вийшли на передній двір.

Pero en realidad no tenían motivos para desconfiar de los hombres.

Але насправді у них не було причин не довіряти чоловікам.

Se apoyaron en la barandilla para comprobar si se habían ido.

Вони сперлися на перила, щоб перевірити, чи ті вже пішли.

Los tres caballeros efectivamente estaban bajando las escaleras.

Троє джентльменів справді спускалися сходами.

En un determinado recodo de la escalera desaparecieron.

За певним поворотом сходів вони зникли.

Y entonces la escalera los trajo de nuevo a la vista.

А потім сходи знову повернули їх у поле зору.

Esta aparición y desaparición se repite en cada piso.

Це з'явлення та зникнення повторювалося на кожному поверсі.

Pero al final casi habían llegado al fondo.

Але зрештою вони майже дісталися дна.

Cuanto más avanzaban, más aburridos parecían.

Чим далі вони йшли, тим менш цікавими вони ставали.

Todos regresaron a casa, como si se sintieran aliviados.

Усі повернулися додому, ніби відчуваючи полегшення.

Decidieron aprovechar el día para descansar y salir a pasear.

Вони вирішили використати цей день, щоб відпочити та прогулятися.

Sentían que merecían este descanso de su trabajo.

Вони вважали, що заслужили на цю перерву в роботі.

No sólo merecían este descanso, sino que lo necesitaban.

Вони не лише заслуговували на цю перерву, вони її потребували.

Se sentaron a la mesa para escribir cartas de disculpas.

Вони сіли за стіл, щоб написати листи з вибаченнями.

El señor Samsa escribió una carta de disculpas a su dirección.

Пан Замса написав листа з вибаченнями своєму керівництву.

La señora Samsa escribió su carta de disculpas a sus clientes.

Пані Замза написала листа з вибаченнями своїм клієнтам.

Y Grete escribió su carta de disculpa a su director.

І Грета написала листа з вибаченнями своєму директору.

Mientras todos escribían, la criada llegó a la habitación.

Поки вони всі писали, до кімнати зайшла покоївка.

Su trabajo de la mañana había terminado, por lo que se dirigía a casa.

Її ранкова робота була закінчена, тож вона збиралася додому.

Los tres escritores asintieron al principio, sin levantar la vista.

Троє письменників спочатку кивнули, не підводячи очей.

Pero la criada no parecía querer irse todavía.

Але покоївка, здавалося, ще не хотіла йти.

Esperó un poco, hasta que los tres escritores levantaron la vista.

Вона трохи зачекала, поки троє письменників підвели погляди.

"¿Y bien?" preguntó el señor Samsa, enojado como los demás.

«Ну?» — спитав пан Замза, розгніваний, як і інші.

La criada estaba parada en la puerta con una sonrisa en su rostro.

Покоївка стояла у дверях з посмішкою на обличчі.

Dio la impresión de tener buenas noticias que informar.

Вона справляла враження, що має повідомити добрі новини.

Pero ella no iba a compartir la noticia a menos que se lo pidieran.

Але вона не збиралася ділитися новинами, якщо її не попросять.

La pluma de avestruz erguida sobre su sombrero se balanceaba ligeramente.

Вертикальне страусине перо на її капелюсі злегка погойдувалось.

Aquella pluma de avestruz siempre había molestado al señor Samsa.

Те страусине перо завжди дратувало пана Замзу.

—Entonces, ¿qué quieres? —preguntó la señora Samsa con firmeza.

«То чого ж ви хочете?» — твердо спитала пані Замза.

La criada todavía tenía mucho respeto por la señora Samsa.

Покоївка все ще дуже поважала пані Замзу.

"Sí", respondió ella y soltó una carcajada amistosa.

«Так», – відповіла вона і дружньо розсміялася.

Por un momento su risa le impidió hablar.

На мить її сміх зупинив її.

"No tienes que preocuparte por esa cosa de al lado".

«Тобі не потрібно турбуватися про ту штуку по сусідству».

"Ya he decidido cómo nos desharemos de él".

«Я вже домовився, як ми цього позбудемося».

La señora Samsa y Grete continuaron escribiendo sus cartas.

Пані Замза та Грета продовжували писати свої листи.

Pero el señor Samsa se dio cuenta de que la criada aún no había terminado.

Але пан Замза помітив, що покоївка ще не закінчила.

Ahora quería describir todo con más detalle.

Тепер вона хотіла описати все детальніше.

Pero él extendió su mano para rechazar sus esfuerzos.

Але він простягнув руку, щоб відхилити її зусилля.

Se dio cuenta de que no estaban interesados en sus planes.

Вона зрозуміла, що їх не цікавлять її плани.

Y entonces recordó la gran prisa en la que había estado.

І тоді вона згадала, як сильно поспішала.

"Ciao entonces", dijo ella, insultada por la falta de interés.

«Тоді чао», — сказала вона, ображена відсутністю інтересу.

Pero antes de irse cerró la puerta de un golpe terriblemente fuerte.

Але перед тим, як піти, вона жахливо сильно грюкнула дверима.

"La despedirán esta noche", dijo el señor Samsa.

«Її звільнять увечері», — сказав пан Замза.

Pero su esposa y su hija estaban demasiado ocupadas para responderle.

Але його дружина та донька були надто зайняті, щоб відповісти йому.

Porque la criada había perturbado la paz recién adquirida.

Бо служниця порушила їхній щойно здобутий спокій.

La madre y la hija se levantaron para ir a la ventana.

Мати й донька встали, щоб підійти до вікна.

Y abrazados se quedaron allí.

І, обійнявши одне одного, вони залишилися там.

El señor Samsa se giró en su silla para mirarlos.

Пан Замза обернувся на стільці, щоб подивитися на них.

Y por un rato los observó en silencio mientras estaban allí de pie.

І якийсь час він мовчки спостерігав за ними, які стояли там.

Finalmente les gritó: "¿Queréis venir a mí?"

Нарешті він гукнув до них: «Ви підете до мене?»

"Olvidémonos de todas esas cosas viejas, ¿de acuerdo?"

«Давай забудемо про всі ці старі справи, добре?»

"Ven a mí y dame un poco de tu atención."

«Підійди до мене та приділи мені трохи своєї уваги».

Las dos mujeres hicieron lo que él les dijo y corrieron hacia él.
Дві жінки зробили, як він сказав, і кинулися до нього.
Le dieron un abrazo cariñoso y le besaron.
Вони ніжно обійняли його й поцілували.
Regresaron rápidamente para terminar de escribir sus cartas.
Вони швидко повернулися, щоб закінчити писати свої листи.
Luego los tres abandonaron el apartamento juntos.
Потім усі троє разом вийшли з квартири.
No habían salido juntos de casa desde hacía meses.
Вони не виходили разом з дому кілька місяців.
Y tomaron el tranvía hasta las afueras de la ciudad.
І вони поїхали трамваєм на околицю міста.
Tenían todo el vagón del tranvía para ellos solos.
Весь вагон трамвая був у їхньому розпорядженні.
La luz del sol entraba a raudales por la ventana desde el exterior.
Сонячне світло заливалося крізь вікно ззовні.
La familia se reclinó cómodamente en sus asientos.
Родина зручно вмостилася на своїх місцях.
Y discutieron las perspectivas para su futuro.
І вони обговорили перспективи свого майбутнього.
Al examinarlos más de cerca, sus perspectivas no eran malas.
При детальнішому розгляді їхні перспективи виявилися непоганими.
Los tres tenían trabajos con potencial para ganar más.
Усі троє мали роботу з потенціалом для більшого заробітку.
Nunca se habían preguntado sobre su trabajo.
Вони ніколи не питали одне одного про свою роботу.
Pero ahora finalmente tenían tiempo para discutir esas cosas.
Але тепер у них нарешті з'явився час обговорити такі речі.
También tenían la opción de mudarse a un apartamento más pequeño.
Вони також мали можливість переїхати до меншої квартири.

Esto tendría el mayor impacto en sus vidas.
Це мало б найбільший вплив на їхнє життя.
Su apartamento actual había sido elegido por Gregor.
Їхню нинішню квартиру обрав Грегор.
Pero ahora podrían mudarse a algún lugar más asequible.
Але тепер вони могли переїхати кудись дешевше.
**Un apartamento más pequeño, pero en un lugar más
práctico.**
Менша квартира, але десь практичніше.
**Hablar sobre el futuro hizo que Grete se sintiera
nuevamente más animada.**
Розмови про майбутнє знову оживили Грету.
**El señor y la señora Samsa también notaron otros cambios en
ella.**
Пан і пані Замза помітили в ній й інші зміни.
**Sus mejillas se habían vuelto pálidas por todas sus
preocupaciones.**
Її щоки зблідли від усіх турбот.
Pero ahora su hija se estaba convirtiendo en una bella dama.
Але тепер їхня донька розквітала і перетворювалася на
чудову жінку.
Ahora ella realmente era una joven bien formada y hermosa.
Вона справді була тепер міцної статури та вродливої
молодої жінки.
Sus padres guardaron silencio y admiraron a su hija.
Її батьки замовкли та захоплювалися своєю донькою.
Se miraron el uno al otro comunicándose inconscientemente.
Вони переглядалися, несвідомо спілкуючись.
**"Pronto llegará el momento de encontrar un buen hombre
para ella."**
«Скоро настане час знайти для неї хорошого чоловіка».
El tranvía había llegado a su destino y redujo la velocidad.
Трамвай доїхав до місця призначення та сповільнив рух.
Su hija pareció confirmar sus nuevos sueños.
Здавалося, що їхня донька підтверджувала їхні нові мрії.
Ella fue la primera en levantarse y estirar su joven cuerpo.
Вона першою встала та потягнулася своїм молодим тілом.